INVENTAIRE
V 46,453

AF311506

MÉMOIRE

POUR

MM. GASQUET ET CLAUDON

NÉGOCIANTS EN VINS ET EAUX-DE-VIE

A L'ENTREPOT DE PARIS

**Vins distillés rétablis par les procédés
de M. J. A. Robert, Ingénieur à Paris**

Le triomphe des idées utiles n'est jamais
qu'une question de temps.

BENJAMIN CONSTANT

PARIS

LIBRAIRIE DE FIRMIN DIDOT FRÈRES, FILS ET Cie

IMPRIMEURS DE L'INSTITUT DE FRANCE

RUE JACOB, N° 56

1857

A LEURS EXCELLENCES

M. LE MINISTRE DE L'AGRICULTURE

DU COMMERCE ET DES TRAVAUX PUBLICS

ET

M. LE MINISTRE DES FINANCES.

MÉMOIRE

POUR

MM. GASQUET ET CLAUDON

Négociants en vins et eaux-de-vie, à Paris,

SUR LES VINS DISTILLÉS

RÉTABLIS PAR LES PROCÉDÉS

DE M. J. A. ROBERT, INGÉNIEUR A PARIS.

> Le triomphe des idées utiles n'est jamais
> qu'une question de temps.
> BENJAMIN CONSTANT.

Messieurs les Ministres,

M. Robert, ingénieur, a obtenu, le 21 septembre 1854, un brevet (n° 20902) pour le rétablissement des vins distillés connus sous le nom générique de *vinasse*.

Cette découverte, fondée sur l'observation des précieux éléments que renferme la vinasse pour la reproduction du vin, et qui, dans les années de disette causée par les ravages de l'oïdium, peut contribuer efficacement à réduire le prix du vin à des proportions moins exorbitantes, mais dans des limites telles, que le prix de cette pré-

1857

cieuse denrée ne soit pas avili, même dans les années d'abondance, M. Robert l'a mise en pratique pendant deux ans, et en a obtenu, sur une assez grande échelle, dans son établissement de Tusson (Charente), des résultats satisfaisants.

MM. Gasquet et Claudon, négociants en vins et eaux-de-vie à l'Entrepôt général des boissons, ont visité l'établissement de M. Robert, examiné et goûté ses vins, et reconnu, après une étude approfondie, que le procédé si simple et si naturel de M. Robert réunissait toutes les conditions nécessaires pour résoudre un problème important de l'alimentation publique, en procurant à bon marché et en abondance, aux consommateurs, un vin sain et naturel, dont la production peut notablement augmenter les recettes du trésor par un impôt qui ne grèvera en rien le contribuable.

MM. Gasquet et Claudon ont donc traité avec l'inventeur, qui leur a concédé l'exploitation de son brevet dans les vignobles du Gard, de l'Hérault, de l'Aude, du Gers, de la Charente et de la Charente-Inférieure, moyennant le partage des bénéfices.

MM. Gasquet et Claudon ont eu l'honneur d'adresser, le 30 septembre 1856, à Son Excellence M. le Ministre de l'agriculture et du commerce, une lettre par laquelle, de concert avec M. Robert, ils lui ont soumis le procédé breveté, et ont sollicité sa bienveillante approbation, en le priant de transmettre leur communication à M. le Ministre des finances, à M. le Préfet de police et au Comité de dégustation.

Une lettre de Son Excellence M. le Ministre de l'agriculture et du commerce, en date du 5 novembre dernier, annonce à MM. Gasquet et Claudon que le Comité consultatif d'hygiène publique a reconnu, après vérification de l'échantillon produit par M. Robert :

1° Que le vin de vinasse rétabli ne contient aucun élément qui puisse rendre son usage dangereux;

2° Qu'il n'y a pas lieu, au point de vue de la santé publique, et les droits du trésor étant réservés, d'en interdire la fabrication et la vente, ni d'intenter aucune poursuite contre les fabricants ou débitants, s'ils vendent cette boisson sous le nom de *vin de vinasse rétabli*.

Son Excellence M. le Ministre a adopté cet avis, et a déclaré, en ce qui concerne ses attributions, que la fabrication et la vente du vin dont il s'agit pouvaient avoir lieu dans les conditions ci-dessus indiquées.

Mais les employés de la régie des contributions indirectes de la ville de Condom (Gers) ont prétendu ajouter, aux conditions prescrites par l'autorisation ministérielle, des conditions nouvelles et très-onéreuses; ils se sont opposés à ce que les vins de vinasse fussent mixtionnés d'une fraction de vin rouge, même après leur mise à l'Entrepôt soumis à l'exercice.

Dans une lettre adressée à M. le Directeur général des contributions indirectes, MM. Gasquet et Claudon ont réclamé contre l'interdiction de la faculté de mêler les vins, qui leur était imposée.

« Cette faculté, ont-ils dit, est accordée à tous les en-
« trepositaires de France pour les autres vins, pourvu
« que, pour n'être pas recherchés comme tromperie en
« matière de vente, ils déclarent à l'acheteur *du vin*,
« sans désignation d'aucun cru.

« Nous demandons pour nous la faculté, la liberté de
« la loi commune.

« On peut exiger de nous que, quoique améliorés par

« une addition de vin primitif, nos vins soient vendus et
« désignés comme *vins de vinasse*.

« Mais on doit laisser à nos acheteurs et à leurs ache-
« teurs débitants la faculté de tout mélange d'autre vin
« naturel, pourvu qu'ils vendent ce mélange sous la dé-
« signation *de vin*.

« Vous comprendrez, M. le Directeur, que, sans
« cette faculté, il faudrait pour nos vins une législation
« toute spéciale, d'un arbitraire incompatible avec les at-
« tributions et les usages de votre administration, et
« d'une exécution d'ailleurs impossible.

« Il faudrait exiger des entrepôts à part ;

« Des exercices et des portatifs à part ;

« Des acquits et des décharges d'acquits à part ;

« Des magasins à part pour tous les acheteurs, quelque
« nombreux ou disséminés qu'ils soient ;

« Des boutiques et des débits à part pour tous les dé-
« bitants, épiciers, etc., etc.

« Il faudrait même exiger que ce débitant, au moment
« où le consommateur va boire, lui arrêtât le bras pour
« le prévenir que c'est du vin de vinasse.

« Nous ne pensons pas qu'il soit possible et juste de
« pratiquer de telles mesures d'exception et d'exclusion
« à l'égard d'un vin parfaitement identique dans ses élé-
« ments constitutifs au vin actuel du vigneron. S'il en
« était ainsi, le brevet de M. Robert et notre autorisation
« de M. le Ministre, seraient une lettre morte et un non-
« sens. Il n'y aurait qu'à renoncer à créer cette boisson
« si utile et si économique pour tous.

« Nous pensons, au contraire, que, puisque ce vin est
« reconnu *vin*, dès qu'on lui applique tous les nombreux
« et lourds impôts du vin, il doit jouir de toutes les im-

« munités pour son amélioration de qualité, pour sa cir-
« culation, pour sa vente et pour son débit.

« Nous vous prions, M. le Directeur, d'avoir l'obli-
« geance de vouloir bien soumettre notre requête à Leurs
« Excellences Messieurs les Ministres de l'agriculture et
« de la justice, pour que notre entreprise ne soit pas
« suspendue et soit régie sur des bases commodes et pré-
« cises, et bien connues de nous.

« Nous comptons à ce sujet sur votre bienveillante
intervention, et vous prions d'agréer, M. le Directeur, etc. »

M. le Directeur général a répondu en ces termes, le
o décembre 1856 :

« Des instructions pour régler l'action du service des
« contributions indirectes ont été adressées aux Direc-
« teurs des départements dans lesquels vous faites fa-
« briquer et préparer des vins de vinasse, rétablis au
« moyen du procédé dont M. Robert est l'inventeur ; ces
« instructions se résument ainsi :

« Les vins de vinasse rétablis doivent être de tous
« points assimilés aux vins ordinaires pour la perception
« de l'impôt, pour les formalités auxquelles la fabrica-
« tion, le transport et la vente des vins ordinaires sont
« soumis.

« Lorsque la préparation, la fabrication des vins de
« vinasse rétablis ont lieu dans les campagnes, chez de
« simples propriétaires récoltants, le service des contri-
« butions indirectes n'a aucune action spéciale à exercer.

« Lorsque la préparation, la fabrication ont lieu dans
« les villes sujettes aux droits d'entrées, les fabricants et
« préparateurs doivent faire une déclaration à la régie,
« en vertu de l'article 17 de la loi du 25 juin 1841. Par

« suite de cette déclaration, la fabrication des vins de vi-
« nasse est suivie et surveillée, les produits de la fabri-
« cation sont successivement reconnus et constatés par
« l'exercice, et pris en charge. Les fabricants acquittent
« la licence de marchands en gros.

« Lorsque dans les lieux non sujets à l'octroi, les pré-
« parateurs, les fabricants sont des assujettis aux exercices
« (débitants, marchands en gros, etc.), on surveille éga-
« lement la fabrication au moyen de l'exercice ; les pro-
« duits de la fabrication sont pris en charge au compte
« de ces assujettis.

« Les expéditions qui sont nécessaires pour accompa-
« gner les transports de vins de vinasse rétablis *doivent*
« *énoncer la désignation de vins de vinasse rétablis.*

« Chez les assujettis aux exercices, les vins de vinasse
« *doivent être inscrits à un compte spécial ; ces vins*
« *doivent être placés à part, ne doivent pas être confon-*
« *dus avec les vins ordinaires.*

« Les employés ne doivent pas se prêter à ce que des
« vins de vinasse rétablis soient mélangés, mixtionnés
« avec des vins ordinaires. (Cette question spéciale des
« mélanges est soumise, par suite de votre lettre du 27 no-
« vembre, à la décision de Leurs Excellences les Minis-
« tres des finances et de l'agriculture et du commerce.)

« Les employés n'ont pas à se préoccuper de l'emploi
« de la glucose par les fabricants de vins de vinasse réta-
« blis ; ces fabricants n'ont pas à acquitter la licence de
« distillateurs indépendamment de celle de marchands en
« gros ; les vaisseaux, les cuves dont ces fabricants font
« usage pour leurs préparations ne doivent pas être épa-
« lés ; sur ce point des instructions particulières ont été
« adressées au Directeur du département du Gers.

« Les explications qui précèdent vous sont données en
« réponse aux diverses lettres par lesquelles vous m'avez
« entretenu de la fabrication des vins de vinasse rétablis.»

QUESTIONS.

Les questions dont M. le Directeur général des contributions indirectes a réservé la solution à Vos Excellences, MM. les Ministres, sont celles-ci :

1° Le mélange des vins de vinasse et des autres vins doit-il être prohibé?

2° Les expéditions qui sont nécessaires pour accompagner les transports des vins de vinasse rétablis, doivent-elles être accompagnées de cette désignation spéciale : *Vins de vinasse rétablis ?*

3° Chez les assujettis aux exercices, les vins de vinasse rétablis doivent-ils être inscrits à un compte spécial?

La solution de ces questions dépend essentiellement du point de savoir si le vin de vinasse rétabli est un vin falsifié, c'est-à-dire un vin composé de substances étrangères à la vigne et au raisin.

Pour traiter convenablement ce problème commençons par définir ce que c'est que le vin.

Quels sont les principes constitutifs du vin et les procédés licites ou illicites de fabrication.

Le vin est, d'après la définition des auteurs, le produit artificiel qui résulte du moût (jus du raisin) soumis à la fermentation alcoolique.

L'alcool est un de ses principes essentiels (1). Chaptal, dont les travaux sur l'art de faire le vin ont rendu les plus grands services et sont encore cités aujourd'hui par les plus grands chimistes et les meilleurs œnologues, s'exprime ainsi :

« Il est peu de productions naturelles que l'homme se « soit appropriées comme aliment, sans les modifier par « des préparations qui les éloignent de leur état primitif.

« Mais c'est surtout dans la fabrication des boissons que « l'homme a montré le plus de sagacité : à l'exception de « l'eau et du lait, *toutes sont son ouvrage*. La nature « ne forma jamais de liqueurs spiritueuses ; ELLE POURRIT « LE RAISIN SUR LE CEP, tandis que *l'art* en convertit le « suc en une liqueur agréable, tonique et nourrissante, « qu'on appelle vin (2). »

Il n'existe donc pas de vin naturel proprement dit.

Le vin ordinaire, le vin légal, au point de vue qui nous occupe, est un *produit de l'art*, le résultat d'une FABRICATION. Tous les chimistes emploient cette expression : *fabriquer le vin* (3).

Il demeure donc acquis que le vin ordinaire est du vin *fabriqué*.

(1) Orfila, t. II, p. 532 : « Le suc de raisin fermente facilement à la température de 12° ou 15°, pourvu qu'il ait le contact du gaz oxygène, et il donne naissance à une liqueur alcoolique connue sous le nom de vin. »

V. L. Lassaigne, *Traité de chimie*, t. II, p. 420 : « Le vin s'obtient par la fermentation du jus du raisin. »

Dumas.

Payen.

Thénard.

J. Pelouze et E. Fremy, *Cours de chimie générale*, t. II, p. 430 : « Le vin est le suc fermenté du moût ou jus de raisin. »

(2) *Art de faire le vin*, p. 1 et 2.

(3) Dumas, *Chimie industrielle*, t. VI.

Voyons maintenant quels sont les principes constitutifs du vin, et comment ils sont combinés par la pratique des fabricants.

Des principes constitutifs du vin.

Le moût, dit M. Dumas (1), renferme au moins une douzaine de matières qui exercent une influence plus ou moins prononcée sur ses propriétés. Leur nom suffira pour les caractériser pour la plupart.

1. Glucose ou sucre de raisin ;

2. Fécule ;

3. Pectine ;

4. Albumine;

5. Gluten;

6. Extrait (mélange mal connu) ;

7. Tannin ou principe astringent;

8. Matière colorante bleue (elle rougit par les acides);

9. Bitartrate de potasse;

10. Acide malique (sa proportion diminue dans les raisins bien mûrs);

11. Quelques traces d'acides citrique et lactique;

12. Eau en plus ou moins grande proportion.

M. Gay Lussac, dans un discours prononcé devant la chambre des pairs, le 21 juin 1844, détermine de la manière suivante les proportions des diverses substances contenues dans le vin :

« Le vin est un liquide composé en moyenne de :

« 10 centièmes en volume ou 8 en poids d'alcool;

« 90-87 d'eau;

(1) *Chimie industrielle*, t. VI.

« 2-5 d'un résidu formé de matière colorante et ex-
« tractive, de tartre et autres sels à base d'alumine, de
« chaux, etc., de ferment, et quelquefois de sucre qui
« n'a pas été détruit par la fermentation. »

L'alcool, qui est le principe essentiel, nourrissant du
vin, varie, en général, selon les qualités, de 5 à 16 ou
17 centièmes.

La proportion de l'eau, qui est un véhicule servant à
tempérer l'action trop énergique de l'alcool dans l'économie animale, suit les variations de l'alcool. Les autres
matières contenues dans les vins ont un poids qui ne s'é-
lève, en moyenne, pour une grande partie de la France,
qu'à 2 p. % du poids du vin, et à 4 ou 5 pour les vins du
Midi, quand la fermentation a été complète.

Ainsi, les principes constitutifs du vin sont immua-
bles, mais les proportions de ces principes varient à l'in-
fini ; d'où l'on a conclu avec raison que le vin ne perdait
pas sa qualité de vin naturel par l'effet des manipulations
qui changeaient les proportions primitives de ses principes constitutifs, mais que le vin devenait factice et devait
être réputé falsifié lorsque des matières étrangères à ces
principes y étaient mêlées.

Cette distinction fondamentale se retrouve dans les
rapports de toutes les commissions qui, de 1843 à 1855,
se sont occupées dans les assemblées législatives de l'im-
portante question de la falsification des vins. Ce qu'on
veut atteindre et réprimer, c'est, selon les expressions de
M. Espéronnier, député de l'Aude, dans un rapport fait
au nom d'une commission, c'est le double procédé ou de
la fabrication des vins de toutes pièces, c'est-à-dire sans
y faire entrer une seule goutte de vin naturel, ou l'addition au vin naturel, employé comme premier élément, de

substances étrangères, nuisibles ou non nuisibles, tendant à en augmenter la quantité ; mais on ne songe pas un seul instant à entraver les industries dont l'objet est de suppléer par d'heureuses combinaisons des principes constitutifs du vin à l'insuffisance de sa quantité dans des années de disette, ou à en perfectionner la qualité.

C'est ce que prouvent les six rapports en date des 12 juin 1843, 22 mars 1844, 29 juin 1844, 25 mai 1845, 15 février 1851, et 17 mai 1851, présentés par M. Delagrange, député de la Gironde, au nom de diverses commissions qui s'étaient occupées de la falsification des vins ; et c'est ce qui résulte aussi de la combinaison des exposés de motifs et des rapports sur la loi du 17 mai 1851 qui avait excepté les vins des pénalités qu'elle dictait contre la falsification des denrées alimentaires, en réservant cette matière à une loi spéciale ; et de la loi du 5-9 mai 1855, qui a déclaré la loi de 1851 applicable à la falsification des boissons.

Des procédés licites de fabrication.

Les procédés de fabrication usités dans les pays de vignobles, particulièrement pour les vins à brûler, qui doivent surtout nous préoccuper, sont les suivants :

Le moût ou jus résultant de la pression du raisin est enfermé dans des tonneaux et abandonné à l'action de l'oxygène de l'air ; il éprouve la fermentation alcoolique ou vineuse qui le convertit en vin. Pendant cette opération le sucre ou glucose se convertit en alcool, qui reste dissous dans le vin, et en acide carbonique qui s'en dégage. Le ferment décomposé se précipite avec quelques sels qui forment la lie. L'alcool formé a dissous de la matière colorante, s'il s'est trouvé en contact avec la peau de raisin.

Ainsi, après la fermentation, le tonneau renferme, au lieu du moût, un vin encore imparfait, qui en diffère par la décomposition et la précipitation d'une partie du ferment, et l'absence du glucose qui s'y trouve remplacé par l'alcool. Souvent il y reste encore du glucose, ainsi que nous aurons occasion de le constater.

Dans les pays de brûlerie, notamment pour les eaux-de-vie de Cognac, le vin est livré à la chaudière dans cet état brut, c'est-à-dire qu'on roule les fûts en mêlant toute la lie au vin et que le liquide entier est soumis à la distillation.

L'opération de la distillation consiste à soumettre le vin à une ébullition ménagée de quelques heures, et à recevoir dans un serpentin à réfrigérant les produits qui s'en dégagent.

Le principal de ces produits est l'alcool qui entraîne avec lui de l'eau de végétation, de l'huile essentielle et des traces d'un principe sucré. Cette eau de végétation, cette huile essentielle et ce principe sucré donnent aux eaux-de-vie de Cognac leur supériorité, car il est reconnu que tous les alcools purs sont identiques, quelle que soit leur provenance.

Le résidu qu'on écoule de la chaudière, aussitôt qu'il ne contient plus d'alcool, est généralement appelé vin brûlé, vin bouilli; dans quelques pays on le nomme improprement marc et aussi vin de chaudière; les chimistes le désignent sous le nom générique de vinasse, comme le résidu bien différent des distilleries d'alcool de betteraves et de grains. De ce rapprochement il résulte que ce vin brûlé, cette vinasse, contient encore tous les éléments qui étaient dans le vin, excepté l'alcool, de l'eau et un peu d'huile essentielle et de principe doux sucré. La vinasse ne perd que l'alcool quand l'appareil distillatoire le rectifie du premier jet.

Des moyens de falsification.

Nous venons de décrire les procédés licites et usités de fabrication, occupons-nous maintenant des procédés illicites, ou, en d'autres termes, des moyens de falsification réprouvés par la loi.

Les vins falsifiés, que l'exposé des motifs de la loi des 5-9 mai 1851 présente comme ayant attiré l'attention du législateur, sont les suivants :

1° Le liquide connu sous le nom de vin *de Fisme*, qui n'est autre chose que du jus de baies de sureau et d'hièble, mélangé de 5 et 6 p. % d'alun, et coupé par moitié avec du vin rouge commun ;

2° L'eau passée sur des lies épaisses qui la colorent et l'acidulent ;

3° Le vin de lies pressées ;

4° Le vieux cidre ou poiré qui ne peut plus être consommé sous cette forme parce qu'il est gâté, et qu'on mêle dans de certaines proportions au vin blanc ;

5° L'eau fermentée sur de mauvais fruits secs avec addition d'acide tartrique, coupée avec du vin rouge, etc.

Tous ces procédés, on le voit, supposent l'addition de substances étrangères au vin, et on ne doit pas les confondre avec ceux qui n'ont pour objet que la combinaison des principes constitutifs du vin naturel.

Du coupage.

Ainsi : le mélange, ou, dans la langue technique, le *coupage* des vins de provenances et de qualités différentes, a toujours été considéré, non-seulement comme licite, mais comme digne d'encouragement à cause des avantages que pouvaient en retirer pour l'alimentation publique les progrès incessants de la science et de l'industrie.

Nous sommes loin des temps où Charles VI ordonnait, par un édit de 1415, d'amener des vins bons, loyaux, marchands, *sans être mixtionnés*, sous peine de confiscation, de forfaiture et d'amende arbitraire, où un autre édit de 1550 ordonnait que nuls marchands de vin, ni taverniers ne pourraient mêler *de deux vins ensemble*, sous peine de perdre le vin et l'amende.

Les analyses multipliées qui ont été faites des vins si divers produits par le territoire français ont permis aux savants de fixer la proportion *normale* des éléments constitutifs de cette précieuse denrée.

L'alcool, par exemple, qui est le principe nutritif principal, ne devrait pas, selon M. Gay-Lussac, excéder 10 centièmes, tandis que, d'après les tables de Brandt, approuvées par M. Thénard, l'opinion de M. Gay-Lussac, les travaux de M. de Glaubry, Decroisy et autres savants, les vins du Var, du Gard, de l'Hérault, des Pyrénées-Orientales, contiennent jusqu'à 15, 16 et même 17 centièmes d'alcool pur. Il est donc de la plus haute importance pour les vignobles du Midi que leurs produits vineux et colorés puissent être mêlés avec les vins faibles et peu ou point colorés de la basse Bourgogne, de l'Orléanais, du Gâtinais, etc.; et c'est le progrès que le commerce, éclairé par la science et secondé par l'industrie, réalise depuis longtemps, à la double satisfaction des producteurs et des consommateurs.

Nous nous sommes demandé, dit à ce sujet M. le marquis de Lagrange, dans son rapport du 12 juin 1843, au nom de la commission chargée de l'examen de la proposition tendant à réprimer la falsification des vins, nous nous sommes demandé si nous pouvions considérer comme une fraude les coupages ou le mélange des vins rouges ou blancs dans diverses proportions, qui a été pratiqué de tout temps. Nous avons reconnu que ces manipulations, loin d'être nuisibles, étaient souvent indispensables, parce que plusieurs vins d'espèces et de natures différentes acquéraient une qualité supérieure au moyen de cette combinaison, et se complétaient les uns par les autres.

De la fabrication des vins de liqueur.

La fabrication des vins de liqueur, quoique sujette à plus d'abus que le coupage, a obtenu par les mêmes raisons, c'est-à-dire en vue de l'amélioration des produits, la même faveur que le coupage.

« Il existe, dit le même rapport, dans les départements
« du Midi, et notamment dans l'Hérault, le Gard et les
« Pyrénées-Orientales, un genre d'industrie qui consiste
« à imiter certains vins étrangers, tels que les vins de
« Malaga, de Xérès, de Madère et d'Oporto, soit pour
« les exporter dans les Amériques, soit pour en rempla-
« cer chez nous l'usage par des produits analogues. La
« commission n'a pas cru devoir vous proposer de gêner
« ces opérations.

La Commission, sur le rapport de laquelle fut votée la loi de 1851, et dont le système, momentanément écarté à cette époque par suite des réclamations de diverses parties intéressées, a été adopté par la loi de 1855, cette commission est allée encore plus loin que celle de 1843. Les vins de liqueur autorisés par celle-ci ne contenaient après tout que les principes naturels du vin, sauf une légère addition d'aromes et de caramel, qui lui donnent du parfum et modifient sa couleur. Le kirschwasser a été autorisé par la Commission de 1851, qui a déclaré licite le mélange du jus de cerise et du 3/6.

L'exposé des motifs de la loi du 5 mai 1855, qui déclare la loi de 1851 applicable à la falsification des boissons, contient l'approbation la plus explicite des concessions faites à l'industrie par les rapports précités.

On y lit :

« On pourrait craindre que, sous prétexte de falsifi-
« cation, et à défaut d'une définition précise donnée à
« ce mot, la loi vînt à entraver certaines opérations
« licites de mélanges et de fabrication qui sont usitées
« dans le commerce des vins.

« Il est bon, par conséquent, de déclarer qu'il n'est
« point entré dans la pensée du gouvernement, qui pro-
« pose la loi, ni du conseil d'État, qui l'a adoptée, d'en-
« traver en rien et de réprimer les diverses opérations
« loyalement faites et usitées dans le commerce, qui con-
« sistent, soit à couper les vins de diverses provenances
« et de diverses qualités pour les améliorer, pour les
« conserver, ou même pour donner satisfaction *au goût*
« *du public* ou *au besoin du bon marché*; soit, suivant
« l'expression usitée dans ce genre de commerce, à tra-
« vailler les vins conformément à des procédés fort di-

« vers, les uns très-anciens, les autres indiqués par la
« science moderne, comme *ceux de Chaptal et autres ;*
« soit à imiter, par diverses combinaisons, les vins étran-
« gers. En un mot, la loi n'entend atteindre et frapper
« que les altérations frauduleuses faites en vue de trom-
« per l'acheteur sur la qualité ou sur le prix de la bois-
« son qui lui est vendue. »

L'honorable rapporteur de la loi du 27 mars 1851
s'était déjà expliqué à ce sujet et avait dit :

« En présence de la nouvelle législation, comme en
« exécution de l'ancienne, le juge correctionnel doit
« apprécier les intentions, la bonne foi, les excuses,
« frapper la fraude et rien que la fraude. Il ne punira
« ni les mélanges non pernicieux révélés par le nom de
« la marchandise ou par le vendeur, ni les mélanges ou
« coupages avoués que peuvent réclamer ou légitimer la
« conservation de la chose, les lois de la fabrication, les
« besoins de la consommation ou du commerce, les ha-
« bitudes locales ou les caprices du goût, pourvu que l'on
« n'ait pas oublié les proportions qui doivent être obser-
« vées dans ces mélanges, ni l'imitation déclarée de pro-
« duits étrangers.

« Ces déclarations, du reste, sont parfaitement confor-
« mes aux principes. Par cela même qu'il ne s'agit plus
« d'une contravention, mais d'un délit, la question de
« fraude, d'intention frauduleuse, se pose nécessaire-
« ment tout d'abord ; et là où il n'y a pas fraude, inten-
« tion frauduleuse, le délit disparaît.

« Enfin, le mot : *falsification des boissons,* sans autre
« définition, n'est pas nouveau dans la législation ; or, il
« n'a jamais arrêté ni embarrassé les agents de la répres-
« sion ou les juges ; jamais on n'a puni comme falsifica-

« tion, jamais on n'a songé à poursuivre de ce chef les
« coupages, les imitations de vins étrangers, les procédés de
« fabrication des vins. Ce n'est pas un nouveau délit qu'on
« veut créer, ce n'est pas un nouveau mot qu'on intro-
« duit dans la législation pénale; c'est seulement la peine
« qu'on relève, en ajoutant certaines garanties nouvelles
« à la répression. Si les tribunaux ne se sont pas trompés
« jusqu'ici sur l'interprétation du mot *falsification*, pour-
« quoi s'y tromperaient-ils aujourd'hui? »

Les documents qui précèdent mettent en évidence la pensée du législateur sur l'innocuité et les avantages des deux
industries qui consistent dans le mélange ou le coupage
des vins et esprits, et dans le changement par des manipulations diverses des principes constitutifs du vin naturel.

Du vinage et du mouillage.

Les Chambres législatives se sont aussi occupées, dans
le courant des treize années où ont été élaborées les lois
de 1851 et de 1855, du *vinage* et du *mouillage*, c'est-à-
dire des additions d'alcool et d'eau au vin naturel.

Ici les opinions se sont partagées; et, tandis que les
uns soutenaient que, l'alcool et l'eau devant être consi-
dérés comme des principes constitutifs du vin naturel,
on pouvait, sans se rendre coupable de falsification, verser de l'alcool sur les vins trop faibles, ou corriger par
des additions d'eau les vins trop vineux et trop colorés,
les autres insistaient pour la répression des abus du vinage et pour l'interdiction absolue du *mouillage* ou *lavage*.

Parmi les premiers se trouvait un savant du premier
ordre, M. Gay-Lussac, qui s'exprimait ainsi devant la
Chambre des pairs le 21 juin 1844 :

« Les vins ont une composition très-diverse ; l'alcool,
« l'eau et les autres substances qu'ils renferment peuvent
« varier beaucoup ; enfin, le vin n'est point, à proprement
« parler, une espèce définie, et ses innombrables variétés
« n'ont de commun en général que les mêmes principes,
« mais avec des proportions très-différentes. Dès lors
« point de type naturel pour le vin, et si on devait en
« fixer un sous le rapport de l'alcool, comme principe
« essentiel et nourrissant, on pourrait adopter un vin à
« 10 centièmes d'alcool. Cette proportion est à la fois la
« plus commune et celle d'un vin suffisamment généreux ;
« au-dessous, le vin devient bientôt plat et froid ; au-
« dessus, au contraire, il devient chaud et capiteux. Au
« reste, on peut dire avec pleine vérité que, dans la même
« localité, la qualité d'un vin est un pur accident. La saison
« a-t-elle été chaude et peu humide, le vin contiendra plus
« d'alcool et relativement moins d'eau. A-t-elle été très-
« favorable jusqu'au moment de la vendange, mais alors
« très-pluvieuse, le raisin, gonflé par un excès d'humidité,
« donnera un vin plus aqueux, dont l'abaissement de titre
« en alcool sera compensé par une augmentation de quan-
« tité. Enfin, la saison aura-t-elle été constamment froide
« et humide, le vin sera pauvre en alcool, âpre, acide et
« de fort mauvaise qualité.

« Eh bien ! en présence de pareils résultats, fruits du
« caprice des saisons, que doit-on faire raisonnablement ?
« Ne sera-t-il pas permis à l'homme de corriger les écarts
« de la nature d'après ses propres enseignements, d'éle-
« ver le titre alcoolique d'un vin faible, et d'abaisser
« celui d'un vin trop fort ? Les deux vins ainsi corrigés
« sont aussi naturels l'un que l'autre ; car l'eau n'est pas
« plus étrangère que l'alcool aux produits de la vigne.

« Et si, cédant à d'aveugles préventions, on prétendait
« que l'eau dans le vin est autrement combinée, identi-
« fiée avec ses autres principes, que l'eau grossière qu'on
« y mêle, et qui n'a été ni tamisée au crible subtil de la
« végétation ni exposée au feu épurateur de la fermen-
« tation, nous répondrions qu'on pourrait absolument en
« dire autant de l'alcool qui a été extrait du vin; il n'a
« plus son moelleux, sa fraîcheur, son parfum, son je ne
« sais quoi, et ce serait en vain qu'on chercherait à lui
« rendre ces qualités qu'a flétries la distillation. »

Quelque grave que parût l'autorité d'un savant tel que
M. Gay-Lussac, elle ne prévalut pas dans les Chambres
contre une sorte d'instinct qui révélait aux esprits les
moins familiarisés avec ces matières les dangers d'un vinage excessif et d'un mouillage même modéré, parce que
l'eau remplaçait le vin au détriment du vigneron, des
droits du trésor, et même du consommateur, en procurant au marchand seul un profit illicite.

Du vinage.

Le vinage, restreint dans de certaines limites, est licite,
nécessaire même comme élément de conservation des vins,
et surtout, chose remarquable, des vins les plus alcoolisés. La fermentation du sucre contenu dans les vins
chauds est mutée (rendue muette) par l'alcool qu'on y
ajoute, et la décomposition se trouve ainsi arrêtée. De là
l'insistance des producteurs du Midi pour obtenir la faculté de verser sur leurs vins, en franchise, une certaine
quantité d'alcool.

La loi du 24 juin 1824 (art. 7) fixa à cinq litres par

hectolitre de vin la quantité d'alcool qu'on pouvait verser en franchise; mais cette limite fut fréquemment dé-
passée, et les divers rapports présentés aux Chambres
sur cette matière allèguent qu'il serait entré dans Paris
des vins contenant trente et jusqu'à quarante litres d'alcool par hectolitre; ce qui permettait d'ajouter à ces
vins des quantités d'eau considérables, tout en leur con-
servant une force suffisante. L'article 21 du décret du
17 mars 1852 a remédié aux abus du vinage, et il suffit
ici d'en rappeler les dispositions qui terminent la longue
querelle engagée sur ce sujet délicat, et qui sont la reproduction presque littérale d'un amendement proposé
par le soussigné, comme député, dans la session de 1846.

Art. 21. « Les eaux-de-vie versées sur les vins ne se-
« ront affranchies de droits (établis sur les eaux-de-vie)
« que dans les départements des Pyrénées-Orientales, de
« l'Aude, du Tarn, de l'Hérault, du Gard, des Bouches-
« du-Rhône et du Var. La quantité ainsi employée en
« franchise ne dépassera pas un maximum de cinq litres
« d'alcool par hectolitre de vin; et après la mixtion, qui
« ne pourra être faite qu'en présence des préposés de la
« régie, les vins ne devront pas contenir plus de 18 cen-
« tièmes d'alcool.

« Lorsque les vins contiendront plus de 18 centièmes
« d'alcool, et pas au delà de 21 centièmes, ils seront im-
« posés comme vins, et payeront, en outre, les doubles
« droits de consommation, d'entrée et d'octroi pour la
« quantité d'alcool comprise entre 18 et 21 centièmes.

« Les vins contenant plus de 21 centièmes d'alcool ne
« seront pas imposés comme vins, et seront soumis pour
« leur quantité totale aux mêmes droits de consommation,
« d'entrée et d'octroi que l'alcool pur.

« Les vins destinés aux pays étrangers ou aux colonies
« françaises pourront, dans tous les départements, et
« seulement au port d'embarquement ou au point de sor-
« tie, recevoir en franchise des droits, une addition
« d'alcool supérieure au maximum déterminé par le pa-
« ragraphe premier du présent article, pourvu que le
« mélange soit opéré en présence des employés de la
« régie et que l'embarquement ou l'exportation ait lieu
« sur-le-champ. »

Du mouillage.

Quant au mouillage, c'est-à-dire aux additions d'eau
au vin, les chambres législatives et les tribunaux ont
maintenu, malgré l'opinion du savant M. Gay-Lussac,
qu'on ne pouvait se les permettre dans aucun cas sans
commettre le délit de falsification.

L'article 423 du code pénal dispose en effet : « Qui-
« conque aura trompé l'acheteur.... *sur la nature de*
« *toutes marchandises....*, sera puni d'un emprisonne-
« ment de *trois mois à un an*, et d'une amende qui ne
« pourra excéder le quart des restitutions et dommages-
« intérêts, ni être au-dessous de 50 francs.

Les articles 318, 475, 476 du code pénal confirment
l'article 423, en punissant le *débit de boissons falsifiées....* de peines correctionnelles si les substances sont
nuisibles à la santé, et de peines de simple police si elles
ne le sont pas.

La jurisprudence a combiné ces articles, et en a déduit
qu'une forte addition d'eau constituant une falsification,
devait être punie :

Quant au marchand en gros, des peines portées à l'article 423 du code pénal ;

Quant au marchand en détail, des peines portées à l'article 475.

Un arrêt du 6 février 1836 (S. V. 36, 1, 195), confirme en conséquence la saisie, à Lyon, de plusieurs pièces de vin contenant un *fort mélange d'eau.*

Un autre arrêt du 3 juin 1843 (S. V. 43, 1, 733), est ainsi conçu : « Attendu qu'il résulte de l'arrêt attaqué :

« 1° Qu'Allien et Bowers, associés pour l'exploitation d'un commerce de vins, en ont vendu qui n'étaient plus dans leur état de pureté, *parce qu'ils le leur avaient fait perdre en les allongeant par un mélange de substances étrangères, qui, quoiqu'elles ne fussent pas nuisibles à la santé, ont produit le résultat de dénaturer cette marchandise et de tromper ceux qui l'ont achetée sur sa nature ;*

« 2° Que Chamon, commanditaire de la Société, et propriétaire d'une maison où ont été trouvés les instruments de la falsification, a payé Fraciola de la somme qu'il lui devait avec des vins de ladite Société, et trompé sur la nature de la même marchandise ;

« Attendu, en droit, que ces faits constituent le délit prévu et puni par l'art. 423 du code pénal ;

« Que cet article a pour but, en effet, d'assurer la bonne foi et la fidélité que les marchands en gros et les négociants sont encore plus strictement tenus que les détaillants d'apporter dans les opérations de leur commerce ; tandis que le n° 6 de l'art. 475 du même code, concernant la vente ou le débit des boissons falsifiées, est plus spécialement relatif à ceux qui livrent des vins en détail ou par litre, et dans l'établissement desquels l'acheteur les consomme ; qu'il suit de là que la cour royale de Paris a justement infligé aux demandeurs la peine de la première de ces dispositions, et n'a point commis une violation de la seconde en s'abstenant de l'appliquer dans la cause. »

Le tribunal de Rouen a fait de cette jurisprudence une application récente fort sage.

Les principes consacrés par cette jurisprudence ont été reproduits et développés dans les deux rapports présentés par M. de Lagrange à la chambre des députés les 1ᵉʳ avril 1844 et 15 février 1851. On lit dans le premier de ces rapports : « L'eau pure est un agent propre « à dénaturer le vin, et la commission n'a nullement en- « tendu l'excepter des altérations ou falsifications com- « prises dans la loi. »

On lit dans le second, au sujet d'un amendement de MM. de Larcy, Chapot, de Surville et Bourdon, qui demandaient la suppression des peines contre les falsifications par des agents non nuisibles à la santé, amendement qui était évidemment trop absolu : « La commission « s'est préoccupée, sur la question du mouillage des vins, « des doutes et des incertitudes qui se sont élevés dans « l'esprit de plusieurs de nos collègues et des pétition- « naires. Cette question a déjà été étudiée dans un rap- « port fait en 1844 à la chambre des députés, rapport « que la commission de la chambre des pairs a adopté, « et dont M. Dalloz s'est servi dans son recueil de juris- « prudence. La commission adhère aux principes qui « y sont exposés. »

La loi de 1851 ne s'applique pas, il est vrai, à la question du mouillage ; deux arrêts de la cour de cassation, des 18 août et 18 novembre 1853, jugent qu'elle n'est applicable qu'à la fabrication des aliments solides. La loi de 1855 se borne à déclarer la loi de 1851 applicable à la falsification des boissons, et n'a non plus aucun texte spécial sur le mouillage; mais il résulte de l'exposé des motifs, que la portée de la loi s'explique par la proposition de M. de Lagrange, et par conséquent par le rapport de la commission. D'ailleurs, une loi nouvelle était inutile pour la répression du délit de mouillage; la loi ancienne expliquée par la jurisprudence suffit.

En résumé donc, les principes actuellement en vigueur sont les suivants :

1° Le vin dit naturel est celui dans la fabrication duquel n'entrent que les produits naturels de la vigne, de quelque manière d'ailleurs que ces produits aient été manipulés;

2° Le vin factice ou falsifié est celui dans la composition duquel entrent des substances étrangères à la vigne et au raisin;

3° La fabrication des vins de liqueur, le coupage et le vinage, jusqu'à la proportion fixée par le décret du 17 mars 1852, sont licites, et les produits qui en résultent sont traités par la loi comme vins naturels;

4° Le vinage excessif, et l'addition d'eau dans quelque proportion que ce soit, constituent le délit de falsification, et le produit qui en résulte est un vin factice.

Description du procédé Robert et de ses divers avantages.

Appliquons ces principes aux vins de vinasse rétablis par le procédé Robert, et nous serons forcément amenés à reconnaître que le vin de vinasse est un vin naturel qui ne peut être soumis, au point de vue de l'impôt et de tout ce qui s'y rattache, qu'aux principes du droit commun, et qu'il doit jouir des avantages dont jouissent tous les autres vins.

Le procédé breveté de M. Robert consiste à jeter sur les marcs de raisin en fermentation les vinasses, c'est-à-dire les vins distillés, avec une addition d'une certaine quantité de sucre de raisin, et à obtenir, à l'aide de cette combinaison, un vin dans la composition duquel n'entrent que les produits naturels de la vigne, sans aucun mélange de substances hétérogènes. Ce procédé extrêmement simple, comme le sont ordinairement les découvertes importantes, repose sur l'observation attentive des éléments constitutifs de la vinasse d'une part, du sucre de raisin de l'autre, et des avantages que peut offrir leur combinaison.

La vinasse, c'est-à-dire le résidu de la distillation du vin, diffère de ce vin en ce qu'elle a perdu l'alcool, une certaine quantité d'eau de végétation et quelques huiles essentielles, qui sont en excès dans les vins à brûler (1).

Elle diffère du moût en ce qu'elle a perdu, avec le glucose et la partie du ferment qui ont été décomposés pour produire l'alcool par la fermentation, un peu d'eau de végétation et d'huiles essentielles qui sont passées avec l'alcool à la distillation.

D'autres éléments du moût se trouvent avantageusement modifiés dans la vinasse par l'ébullition : l'acide ma-

---

(1) Les vins de la Charente contiennent aussi de l'acide prussique, que la distillation leur enlève. Cet acide, qui coopère à la supériorité des eaux-de-vie qu'ils fournissent, est un inconvénient dans ces vins, quand ils doivent être bus.

lique, la fécule, l'albumine, le gluten, le mucilage, etc.

La vinasse conserve la plupart des éléments du vin primitif, les acides, les sels, le tartre, le tannin, la séve, les résines, la matière colorante, et encore une certaine quantité des huiles essentielles du raisin. Elle contient aussi le sucre qui n'a pas été décomposé par la fermentation.

La vinasse ne diffère donc, pour ainsi dire, du moût, qui a produit le vin distillé, que par l'absence du sucre de raisin, ou d'une partie de ce sucre, d'un peu d'eau de végétation et d'une partie des huiles essentielles ; et si l'on ne voulait reconstituer que ce moût, il suffirait de restituer à la vinasse le sucre de raisin, l'eau de végétation et les huiles essentielles qu'elle a perdus. La science pourrait atteindre ce but en demandant à l'agriculture le sucre de raisin qui est partout identique, quelles que soient les sources d'où il provient, et en extrayant l'eau de végétation des vinasses par la distillation et les huiles essentielles des marcs de raisin.

Mais en agissant ainsi, on ne reproduirait que le moût, tandis que c'est le vin qu'on se propose de rétablir, ou plutôt un vin supérieur en qualité au vin primitif, pouvant mieux se conserver et se mêler aux autres vins.

La nature ne réunit dans les proportions convenables les éléments nécessaires à un vin parfait, que dans des crus privilégiés où l'on n'a rien à faire qu'à respecter son œuvre. Pour l'immense majorité des crus, surtout quand la saison a été froide et pluvieuse, les moûts sont défectueux, et ceux des vins de distilleries notamment abondent en parties aqueuses et en huiles essentielles qui donnent à ces vins de la platitude, et ce qu'on appelle le goût du terroir.

De temps immémorial on a considéré l'ébullition du moût renfermé dans des chaudières placées sur le feu, comme le meilleur moyen de le dégager des parties aqueuses et des huiles essentielles qu'il contenait en excès.

Les Romains faisaient cuire le vin nouveau (*mustus*) avant qu'il eût fermenté. (Horace, od. III, c. 2; Plin., XIV, 1, 5, 3; Martial, III, 81; X, 36.) Ils le plaçaient dans le grenier (*in horreo vel apothecâ editiore*), et l'y conservaient ainsi fort longtemps. (*Id.*, ode III, 14, 18; Cic., Brut., 286; Juvénal, V, 30; Pers., IV, 29; Vell., II, 7.) Du temps de Pline, on en trouvait encore qui datait du consulat d'Opimius, près de deux siècles avant cet écrivain (*in speciem mellis redactum*); c'était pour le conserver longtemps qu'on le faisait ainsi bouillir (*decoquere*). (Virgil., G. I, 295; Adam, *Antiquités romaines*, II, 281.)

Chaptal fait allusion à cet usage des anciens dans plusieurs passages de son livre sur l'art de faire le vin, et constate l'imitation de cet usage par les modernes.

« Les anciens, dit-il, connaissaient non-seulement « l'art de dessécher les raisins au soleil, mais ils n'igno- « raient pas le procédé employé pour cuire et rappro- « cher le moût en le réduisant à l'aide du feu. On peut « consulter dans Pline et Dioscoride, des détails très-inté- « ressants sur toutes ces opérations. Ces méthodes sont « encore usitées de nos jours. »

Chaptal dit ailleurs : « Lorsque le moût est très- « aqueux, la fermentation est tardive, difficile, et le vin « qui en provient est faible et très-susceptible de décom- « position ; dans ce cas, les anciens connaissaient l'usage « de cuire le moût. Ils faisaient évaporer, par ce moyen,

« l'eau surabondante et ramenaient la liqueur au degré
« d'épaississement convenable. On peut voir la preuve
« de cette assertion dans le *Recueil des géoponiques*. Ce
« procédé, constamment avantageux dans les pays du
« nord et généralement partout où la saison a été plu-
« vieuse, est encore pratiqué de nos jours. M. Maupin a
« même contribué à faire accorder plus de faveur à cette
« méthode en prouvant, par des expériences nombreu-
« ses, qu'on pouvait s'en servir avec avantage dans tous
« les pays de vignobles.

« On peut poser en principe que dans les pays froids,
« dans les terres humides, ou à la suite des saisons plu-
« vieuses, le raisin contient plus d'eau et plus de levûre
« qu'il n'en faut pour décomposer le sucre formé dans le
« fruit.

« Dans tous ces cas, en abandonnant la fermentation
« à elle-même, on ne peut obtenir qu'un vin faible, dé-
« layé, peu spiritueux, susceptible de passer à l'aigre ou
« de tourner au gras par suite de la surabondance du
« levain qui reste après la fermentation spiritueuse ou la
« décomposition et disparition entière du sucre.

« On peut parvenir à corriger ou à prévenir tous ces
« défauts :

« 1° En rapprochant et faisant bouillir jusqu'à réduc-
« tion du quart ou du tiers, dans une chaudière de
« cuivre, etc. »

Or, la distillation produit exactement les mêmes effets.
L'ébullition ou la coction préalable à la fermentation
offre d'autres avantages qu'une seule fermentation ne
produit pas. 1° Elle coagule le ferment qui se trouve
quelquefois en excès dans les vins de brûlerie ;

2° Elle convertit en un principe doux et sucré un

acide particulier, âcre et stiptique, qui s'y trouve comme dans de certaines poires, qu'on ne peut manger que cuites;

3° Elle peut convertir la fécule et d'autres principes extractifs en principes sucrés ou fermentescibles, en les soumettant à l'ébullition sous l'influence de l'eau et des acides végétaux qui s'y trouvent;

4° Elle coagule l'albumine et les restes de principes glutineux, gélatineux et muqueux que n'a pu expulser la première fermentation, mais que la seconde expulse, ainsi coagulés ou désagrégés.

On sait d'ailleurs combien l'alcool extrait du vin distillé a employé de glucose dans le moût pour se produire, et il est par conséquent facile de restituer à la vinasse la quantité exacte de glucose qu'elle a perdue, et même une quantité plus grande, si c'est utile.

Que si l'on verse ensuite, sur le marc frais et non altéré du raisin, ce moût de vinasse rétablie, qui contient tous les éléments du moût primitif du raisin et auquel on n'a rien ajouté qui ne provienne du raisin, on aura dans la cuve le raisin *complet* et *foulé*, c'est-à-dire dans la condition normale où il se trouve après la vendange, au moment où il va fermenter. Aussi la fermentation vineuse s'établira-t-elle aussitôt, et produira-t-elle un vin plus limpide, plus léger, plus délicat et d'une conservation plus facile que ne l'était le vin primitif.

D'après le procédé ordinaire, on se contente, dans les pays de vins à brûler, de presser le raisin et d'en recueillir le jus, et l'on jette sur le fumier le marc encore riche de tous les éléments du raisin, de la matière colorante, du sucre, du tannin, du ferment, des sels, de l'arome. M. Robert a eu l'heureuse idée d'extraire de ce marc, tous les éléments précieux par la fermentation ordinaire, à l'aide d'un autre produit de la vigne non moins précieux et non moins délaissé, du jus de raisin, qui, après une fermentation souvent insuffisante pour décomposer tout son sucre, a fourni à la distillation l'alcool qu'il contenait. C'est dans ce simple procédé que réside la découverte à l'aide de laquelle il parvient à extraire, de deux produits abandonnés jusqu'ici aux fumiers infects, un vin épuré et perfectionné, fruit de deux fermentations successives.

Ainsi, le même raisin fournit, grâce à d'habiles manipulations de ses éléments naturels, d'abord l'alcool du Midi, puis le vin du Nord, à une double consommation et à un double impôt du fisc. Une double récolte est recueillie sur le même cep et par la même culture. Le pays est débarrassé de miasmes désagréables et insalubres, et le marc de raisin qui a servi à la fermentation de la vinasse peut encore fournir de l'alcool ou de la piquette.

Le *vin de vinasse rétabli,* qui a rendu tant de services, doit-il être traité autrement que le vin primitif qui en a formé le premier principe? Il paraît difficile de nier que ces deux vins ne soient le même vin, l'un préférable comme contenant plus d'alcool, l'autre meilleur comme vin de table. Tous deux proviennent du même raisin, tous deux ont fermenté de la même façon, tous deux sont également utiles sous des rapports différents.

Le vin de vinasse résout deux problèmes d'une très-haute importance pour l'alimentation publique. Il utilise tout le sucre du raisin non décomposé qu'on a jeté jusqu'ici dans les ruisseaux avec la vinasse, et épuise complétement le marc de raisin de tous les principes précieux qui y étaient ignorés et perdus. Il convertit tous ces produits, sans résidu, sans perte et à peu de frais en vins de bouche, quoiqu'ils proviennent de raisins qui n'avaient pu fournir jusqu'ici que des vins à brûler.

Chaptal constatait avec regret, il y a plus d'un demi-siècle, que quand le principe doux prédomine dans le raisin, la fermentation produit des vins doux, liquoreux et sucrés, *parce que le principe de la fermentation n'est pas en quantité suffisante pour décomposer tout le sucre.* « L'analyse, » dit M. Dubrunfaut dans son *Traité complet de distillation*, « *indique dans le raisin presque le double d'alcool qu'on en obtient par la distillation, et cet état de choses durera tant qu'on n'aura pas trouvé le moyen de compléter la fermentation.* » Ce moyen, M. Robert l'a trouvé, et, grâce à lui, on ne verra plus jeter au fumier, avec la vinasse, la quantité énorme de sucre que l'imperfection des moyens de fermentation employés jusqu'à ce jour n'avait pas permis d'en extraire. La fermentation sera complétée par des fermentations successives qui ne laisseront plus rien échapper du marc, jusqu'à ce qu'il ait été tout à fait épuisé par les fermentations et les macérations nombreuses qu'il aura subies, et, réduit à un triple état incolore, insipide et ligneux, s'en dégageront des principes non sucrés d'abord, mais qui se convertiront en sucre et fourniront de l'alcool.

Un savant chimiste, M. Braconnot, avait remarqué, à l'occasion d'un nouvel appareil à fabriquer le vin, inventé par M. Denis, tout le parti qu'on pouvait tirer de la compression et de la longue fermentation du marc de raisin : « La nouvelle méthode de faire le vin me paraît « réunir, dit-il, de grands avantages. En effet, on con- « çoit que le raisin étant égrappé et comprimé dans le

« vase tout le temps que dure la fermentation, celle-ci
« doit être plus complète; il serait même possible que
« cette longue immersion des pellicules dans la liqueur
« vineuse déterminât à leurs dépens la production d'une
« quantité de sucre qui n'existait pas auparavant, et qui
« peut concourir à la bonification du vin. Un autre
« avantage que je vois dans la nouvelle méthode, et qui
« ne doit pas médiocrement contribuer à la bonne qualité
« de la liqueur, ce sont ces mêmes pellicules, ainsi que
« les pepins qui, se trouvant longtemps en contact avec
« la liqueur vineuse, doivent la dépouiller facilement
« d'un grand excès de tartre qui donne aux vins nou-
« veaux la dureté qu'on leur connaît. Ce tartre doit se
« déposer en très-petits cristaux sur les pellicules, beau-
« coup plus facilement que si le vin était abandonné à
« lui-même dans des tonneaux, à peu près comme une
« dissolution concentrée d'un sel ou du sucre dans la-
« quelle on plonge des fils ou de petits morceaux de bois
« sur lesquels les cristaux se déposent de préférence que
« sur les parois des vases. Cette manière de voir est plei-
« nement confirmée par les observations de **M.** Denis.
« Il résulte de là que le vin préparé par le nouveau
« procédé doit déposer moins de tartre que celui préparé
« par l'ancien, et se rapprocher ainsi des vins vieux. »

Avant d'avoir eu l'idée de traiter les marcs par le
moût de vinasse sucrée, **M.** Robert eut la pensée de les
épuiser à l'aide de la fermentation de l'eau sucrée; ses
essais, qu'il répéta plusieurs années avec succès, furent
abandonnés par lui pour ceux de la vinasse sucrée, infiniment préférable sous tous les rapports, et surtout parce
que l'eau ordinaire ne s'assimile jamais absolument au
vin comme son eau de végétation.

3.

L'eau d'ailleurs n'apporte au marc que de l'eau ; il faut donc que celui-ci fournisse tous les autres éléments du vin qui ne se rencontrent pas dans ce marc tous en égale ou en suffisante proportion, et dont quelques-uns peuvent s'épuiser avant les autres ; de là résulte un vin incomplet et défectueux.

La vinasse, au contraire, apporte avec l'eau de végétation elle-même tous les autres éléments constitutifs du vin, naturellement combinés en proportions suffisantes et convenables ; ce qui fait que le marc n'a plus à fournir que la matière colorante (si la vinasse provient de vin blanc) et le ferment vif qui doit *réveiller* et mettre en mouvement le ferment pour ainsi dire endormi dans la vinasse. Il résulte de là que les vins qui proviennent des dernières fermentations successives du marc sont pareils aux premiers, si ce n'est qu'ils ont moins de couleur quand la vinasse provient de vins blancs. On peut ainsi épuiser toute la matière colorante du marc ; elle est en temps de disette son principe le plus précieux. Cet épuisement ne serait pas possible avec l'eau sucrée, parce qu'elle est moins énergique que la vinasse, et que les fermentations successives qui auraient lieu iraient, en s'appauvrissant des autres éléments du vin, au point de ne plus produire qu'une *eau rougie* alcoolisée. Or ce ne serait plus du vin, car il ne faut pas l'oublier, si l'alcool est le principe essentiel et nutritif par excellence du vin, il ne le constitue pas à lui seul. La vinasse et le vin nouveau contiennent, outre l'alcool, 10 pour 100 en poids de principes assimilables et nutritifs qui n'existent pas dans l'eau ordinaire. Pour que le vin par l'eau sucrée puisse se rapprocher de l'autre vin, il faut qu'il provienne d'une quantité d'eau petite, relativement à celle du marc employé à la faire fermenter et à lui fournir tous les éléments du vin, hors une partie de son alcool, ce qui équivaut à ajouter peu d'eau dans un vin qui serait très-aviné.

L'eau sucrée, infiniment préférable à l'eau pure qu'on jette habituellement sur les marcs en temps de disette, pourrait rendre de grands services, surtout quand la récolte du vin vient à manquer, ainsi que l'a expliqué un chimiste très-compétent en cette matière, M. Dubrunfaut ; mais, d'une part, la loi prohibe formellement le mouillage, c'est-à-dire l'emploi de l'eau dans le vin, et, de l'autre, la découverte du rétablissement de la vinasse fait perdre à l'eau sucrée toute opportunité et toute utilité. Il y aura toujours assez de vinasse pour épuiser les marcs, sans qu'il soit nécessaire de recourir à ce moyen moins parfait ; car, il faut le répéter, le vin par l'eau sucrée a toujours le goût froid et plat de l'eau ; celle-ci conserve dans le vin une certaine crudité, elle n'y est pas intimement unie à ses éléments comme l'eau de végétation, quoique mieux combinée par la fermentation que celle qui a été introduite après que la fermentation a eu lieu. L'eau ordinaire dissout moins facilement le tartre que l'eau de végétation, ce qui fait que ces vins en contiennent trop peu ; ils ressemblent, sous ce rapport, aux vins de Bourgogne trop vieux, ou aux vins dont on a retiré le tartre. Ils n'ont pas assez de goût.

La vinasse sucrée est aussi préférable à l'eau sucrée comme moyen de fermentation.

On est forcément conduit à reconnaître aujourd'hui, que la vinasse de vin, ce produit si répudié, si dédaigné jusqu'ici, joue le rôle le plus important dans la composition du vin, parce qu'il en est la portion que l'art est resté impuissant à créer et que la vigne seule fournit.

L'alcool qui jusqu'ici a eu seul toute l'importance doit lui céder la première place.

En effet, le moût est, comme nous l'avons dit, composé de deux parties distinctes, le glucose et la vinasse.

Le glucose fournit l'alcool.

La vinasse fournit le corps, la chair, le goût et le bouquet du vin ;

Le goût et le bouquet de l'alcool.

L'art moderne produit facilement, abondamment et économiquement le glucose et l'alcool avec une infinité de substances.

La vigne seule produit la vinasse.

L'art est resté jusqu'ici impuissant à la créer, c'est-à-dire à faire du vin, car elle est la partie indispensable du raisin sans laquelle le vin n'existe pas.

La vinasse est donc le produit précieux, caractéristique, essentiel de la vigne, la matière première par excellence du vin au lieu d'en être le résidu.

On assure qu'un grand personnage, préoccupé des souffrances du peuple par suite de la disette du vin, ayant demandé aux chimistes les plus distingués la fabrication d'un vin artificiel, ceux-ci ont été obligés, après plusieurs expériences infructueuses, de renoncer à leur entreprise.

Personne, jusqu'ici, n'a pu faire du vin.

Les falsificateurs les plus habiles ne tromperaient pas le goût le moins exercé, s'ils n'avaient pas pour base de leur vin les éléments contenus dans la vinasse. C'est par des vinasses assez concentrées pour pouvoir supporter plusieurs volumes d'eau, qu'on a pu créer jusqu'ici des vins susceptibles d'être vendus. Les gros vins bouillis et réduits du Midi ne sont autre chose que des vins de vinasse concentrée.

— 39 —

Les vins de vinasse rétablis sont, comme les vins du
Centre avec lesquels ils ont le plus d'analogie, les plus
hygiéniques et les plus salubres, parce que tout l'alcool y
a été développé par la fermentation et a été assimilé,
combiné par elle avec les autres éléments du vin. Ces
vins sont infiniment plus salubres que les vins avinés ou
additionnés d'alcool, et l'un de leurs plus grands avantages sera de couper court au moyen de falsification le
plus usité en ce moment, les additions d'alcool et d'eau.

Les vins avinés, quoique d'une saveur et d'un bouquet très-agréables quand ils sont vieux, ont deux grands
défauts : d'un côté ils portent au cerveau, provoquent
les congestions cérébrales; de l'autre ils fatiguent et ir-
ritent l'estomac. Cette boisson, disait dans l'enquête législative (1) le chef si expérimenté de la dégustation de
Paris, « cette boisson est antihygiénique, funeste, surtout
« en ce qu'elle excite les malheureux qui la prennent, les
« exaspère et les conduit sur les bancs de la cour d'assises
« en les portant à des actes coupables qu'ils n'auraient pas
« commis sans cela, ou en encombrant les hôpitaux de la
« capitale. »

Cette opinion de M. Casterat se justifie scientifique-
ment. L'alcool ajouté à haut titre au vin, ne s'y trouve
pas dans le même état, dans la même condition, avec les
mêmes propriétés qu'il y aurait eues s'il y eût été créé
directement par l'action de la fermentation sur le glucose au milieu et sous l'influence des autres éléments du
vin. En effet, à mesure qu'un atome d'alcool se forme,
il s'unit intimement, se combine avec les éléments du
vin, mais surtout avec l'eau de végétation, les huiles essentielles et des matières douces et sucrées qui corrigent

(1) Tome I, p. 18.

et modifient par leurs propriétés particulières celles de l'alcool combiné. Une telle combinaison de corps éminemment digestifs et de propriétés si opposées à celles de l'alcool, joue dans l'acte de la nutrition le rôle désigné en chimie sous le nom d'*agents marieurs*, en ce qu'ils opèrent la solution de corps insolubles entre eux sans ces intermédiaires, et peut rendre ainsi plus faciles l'assimilation et la digestion de l'alcool. La preuve que la combinaison de ces corps existe en vertu d'une grande affinité, c'est que l'alcool entraîne toujours avec lui ces matières à la distillation, et qu'il est difficile de le séparer d'elles, quoique leurs points d'ébullition soient très-différents, et que certaines de ces matières ne soient même pas volatiles. La science, longtemps impuissante à opérer cette séparation, n'est parvenue que dans ces derniers temps et par des artifices très-énergiques à obtenir l'alcool à l'état de pureté où nous le voyons.

Au degré élevé, l'alcool n'a plus les propriétés qu'on lui reconnaît dans le vin. Forcé de renoncer à ses affinités, il en contracte d'autres, il se combine avec du calorique et son volume augmente (1). Ce changement d'état développe en lui de nouvelles propriétés. Pur, il est vénéneux; étendu et affaibli après avoir été pur, il conserve encore de la causticité et s'assimile difficilement comme aliment. L'abus de l'alcool rectifié a donné naissance à deux affreuses maladies, inconnues auparavant, le *delirium tremens* et la combustion spontanée. M. Charles Dupin, dans ses leçons au Conservatoire, disait qu'il avait vu plusieurs cas où l'alcool faisait des muscles des ivrognes comme des mèches imbibées d'alcool, produisant

(1) Lorsqu'on le mêle au vin ou à l'eau il perd de son volume et abandonne du calorique.

la combustion spontanée à l'approche d'un corps en-flammé ; cela explique pourquoi les eaux-de-vie faites avec de l'alcool coupé ne valent jamais celles qui n'ont été élevées par la distillation qu'au degré qu'elles possèdent. Or, s'il en est ainsi de l'alcool dans l'eau-de-vie, il doit en être de même et à plus forte raison de l'alcool dans le vin.

Quant aux additions d'eau, on ne peut pas dire qu'elles soient aussi funestes que les additions d'alcool. Il est rare de trouver des vins que la nature elle-même n'ait pas mouillés. Il est aussi des cas où une petite quantité d'eau crue améliore les vins en favorisant leur clarifi-cation, et en émoussant certains principes âcres qu'ils contiennent. Mais il serait imprudent d'affirmer que l'eau ajoutée au vin n'en altère pas les qualités essen-tielles, quand on voit qu'une eau, qui a perdu par la dis-tillation ou même par la seule ébullition un peu d'air et de faibles traces de sels, perd ses caractères ordinaires de fraîcheur et de sapidité comme boisson, et devient lourde, indigeste et insalubre, de liqueur digestive par excellence qu'elle était auparavant.

On comprend d'après cela pourquoi l'abus du vinage et du mouillage a été l'objet de réclamations si persévé-rantes et de précautions malheureusement si faciles à déjouer. Un vin viné à l'excès est insalubre par lui-même, et devient, en outre, un moyen de fraude. Les gros vins des plaines du Midi qui ne peuvent pas se boire purs sont additionnés d'alcool et d'eau. Si le mélange fraudu-leux est dégusté à l'état récent, il est confisqué ; mais si on ne le déguste qu'au bout d'un certain temps, il est im-possible de le reconnaître. Le négociant est donc ruiné ou enrichi, selon qu'il a été assez heureux ou assez adroit pour dérober son produit à toute visite pendant trois mois, mais dans tous les cas le consommateur est trompé et abreuvé d'une boisson falsifiée. « Ces maisons, disait le chef de la dégustation de Paris, dans l'enquête législative (1), vendent des vins qui contiennent une quantité considérable d'eau et d'alcool. Nous saisissons ces vins ; on arrive devant les tribunaux qui nomment des experts. Pour cela il faut du temps ; quand l'expertise a lieu, l'alcool a refait corps avec le vin, et par conséquent, avec l'eau ajoutée. Alors les experts disent : « Comment, « on saisit ces vins! mais ils ont un degré de richesse « alcoolique plus élevé que celui de la moyenne des vins « vendus par les bons détaillants de Paris. Ces experts « font un rapport explicatif, par lequel ils concluent à « la restitution des vins. Et voilà comment nous nous « trouvons les mains liées. »

Ce n'est pas que la science soit tout à fait impuissante à distinguer les vins vinés de ceux qui ne le sont pas (2).

Ceux-ci bouillent à une température plus élevée, et en laissant apercevoir, si le vase est transparent ou découvert, des bulles excessivement fines d'alcool qui se détachent difficilement du liquide avec lequel elles sont intimement combinées, et cette combinaison concourt, avec l'état de l'alcool non rectifié préalablement, à expliquer l'ébullition à un plus haut degré. L'alcool qui passe à la distillation, n'a qu'un faible degré, ayant entraîné l'eau avec laquelle il est intimement uni. Il a une nuance faiblement laiteuse et opalisante, qui lui vient des huiles essentielles, et des matières douces et sucrées avec lesquelles il a conservé un reste de combinaison.

Le point d'ébullition du vin aviné par de l'alcool fort

(1) Tome I, p. 18.
(2) M. Robert est l'auteur d'expériences très-curieuses sur ce sujet.

est abaissé, au contraire, par celui de l'alcool. Il bout plus facilement en produisant des bulles d'alcool plus grosses, plus isolées, et d'un dégagement plus prompt et plus facile; lorsque le vase est découvert, il en jaillit une pluie de vésicules qui retombent en goutelettes. Il passe à la distillation de l'alcool à fort degré, clair et limpide ; l'effet est d'autant plus sensible que la masse du liquide en distillation est plus considérable.

On peut distinguer aussi de la même manière, si l'eau contenue dans le vin est une eau de végétation ou une eau ordinaire.

L'eau de végétation intimement combinée se dégage plus difficilement en bulles plus petites et dans un état de pureté moindre que l'eau ordinaire, parce qu'elle entraîne plus facilement les matières avec lesquelles elle est mieux combinée.

Le même moyen sert à distinguer si l'eau-de-vie est le résultat d'un coupage d'alcool fort et d'eau, ou d'un alcool distillé à un faible degré et uni encore à son eau de végétation. L'alcool se sépare en effet plus difficilement de son eau de végétation que d'une eau étrangère, et comme s'il lui fallait, pour s'évaporer, absorber plus de calorique que l'alcool qui a été déjà rectifié à l'état absolu.

Mais quelque précieux que soient ces moyens scientifiques de découvrir les mélanges frauduleux, ils n'offrent pas, comme élément d'enquête judiciaire, assez de certitude pour offrir aux magistrats une base de décision. On peut en conclure d'ailleurs la présence de l'alcool et de l'eau dans des conditions différentes de celles où la végétation et la fermentation seules les laissent dans le vin ; mais on ne saurait apprendre par eux quelle main a modifié l'œuvre de la nature et dans quel but elle l'a fait. Et cependant il est nécessaire de combattre un mal toujours croissant qui menace la santé publique en même temps que la consommation d'un précieux produit de la terre. L'usage du vin diminue et l'usage de l'alcool augmente; c'est un fait constaté par l'enquête législative. On peut l'attribuer sans témérité au double abus que fait le commerce du vinage et du mouillage des vins. Beaucoup de personnes s'abstiennent dans cette crainte de boire du vin, et les médecins le défendent souvent par mesure hygiénique. De là, la diminution de la consommation. Nos ancêtres buvaient beaucoup de vin, mais ils le buvaient sans vinage; ils eussent d'ailleurs mieux supporté les vins vinés avec leurs habitudes du grand air des champs et de la fatigue, que nous ne pouvons le faire nous-mêmes avec nos habitudes sédentaires. Les vins peu alcooliques ou naturellement alcoolisés sont les seuls qui nous conviennent, et le gouvernement, dans les temps de disette où nous nous trouvons, doit puissamment encourager le moyen de les utiliser et au besoin de les reproduire.

On ne doit pas se dissimuler que des considérations fiscales ont favorisé jusqu'à ce jour les vins fabriqués à grand renfort d'alcool et d'eau, et que les employés de la régie assistaient eux-mêmes aux mélanges d'eau dans les vins alcoolisés, mélanges qui créaient pour eux une nouvelle matière imposable; mais on sait aussi à quel point on s'est récrié contre cet usage qui pourrait bien expliquer jusqu'à un certain point comment, malgré les ravages de l'oïdium et de la coulure, l'impôt des boissons s'est accru cette année même de la somme de vingt-six millions et demi. Les besoins du fisc, qui a intérêt à ce qu'il se consomme plutôt de l'alcool que du vin, parce que

les droits sur l'alcool sont les plus élevés, ne sauraient justi-
fier la persistance dans un système évidemment vicieux et
contraire à l'hygiène, en présence surtout de la création
d'un nouveau produit, qui s'offre comme vin naturel aux
légitimes perceptions de la régie, et qui ôte tout prétexte
fiscal à la protection de mélanges insalubres et frauduleux.

De l'influence générale des vins de vinasse sur l'agriculture.

En utilisant ainsi tous les éléments constitutifs du raisin, la fabrication des vins de vinasse rétablis aura l'immense avantage de satisfaire aux nécessités de la consommation, sans augmenter l'étendue des surfaces plantées
en vignes, et en laissant à la culture des céréales, des
tubercules et des racines tout le sol agricole qu'il eût
fallu, sans le nouveau système, planter en vignes pour
obtenir la même quantité de vin.

Les deux productions essentielles du sol, le blé et le vin,
sont donc également intéressées à ce que la découverte de
M. Robert se propage aussi rapidemment que possible.

La valeur des terres plantées en vigne ne peut pas en
être affectée. Au contraire, la vigne devant produire plus
qu'elle ne produisait auparavant, la valeur de ces terres en
sera augmentée, et la culture de la vigne se maintiendra,
et acquerra même plus de valeur dans les terrains qui lui
conviennent plus spécialement, tandis que les céréales, les
tubercules et les racines produits par les terrains plus riches, fourniront dans le sucre destiné à la reproduction
du vin un supplément aux produits de la vigne, et dans
les résidus des tubercules un moyen d'engrais à bon
marché pour les bestiaux.

Ainsi, se trouveront conciliés par la conservation et

l'emploi d'un produit naturel, qui a été jusqu'à ce jour jeté dans les ruisseaux, et n'a servi qu'à infecter l'air et l'eau, l'intérêt des producteurs et celui des consommateurs des trois principaux aliments de l'homme, le pain, le vin et la viande.

Les eaux-de-vie de nos crus les plus renommés qui forment l'une des branches importantes de notre production vinicole et de notre commerce avec l'étranger, sont plus spécialement intéressées à ce que les vinasses soient utilisées.

En effet, la rareté et l'élévation du prix des vins détourneront les producteurs de les convertir en eaux-de-vie, afin de les conserver pour la boisson. De là le remplacement de nos eaux-de-vie de vin par celles de betterave et de grains qui ne peuvent leur être comparées, ni sous le rapport du goût, ni sous le rapport de la santé des consommateurs. Vienne le moment où, par le retour d'une production normale, et de la concurrence favorisée des vins de bouche, on voudra de nouveau brûler les vins inférieurs, il sera difficile peut-être de ramener les populations aux habitudes abandonnées, surtout si le bon marché les attache à la boisson qu'ils auront adoptée.

Or, que deviendront, lorsque après quelques années d'abondance les eaux-de-vie les plus renommées se trouveront sans débouchés, les immenses vignobles du sud et du sud-ouest de la France? Ce qui soutient surtout notre commerce d'exportation, c'est l'excellente réputation de nos eaux-de-vie de vin.

La France ne doit qu'à ses vignes, et non à son industrie, la réputation de ses eaux-de-vie et la préférence qu'on leur accorde sur tous les marchés étrangers.

Nous avons donc un immense intérêt à pouvoir, malgré

les disettes, approvisionner ces marchés d'excellentes eaux-
de-vie de vin, car s'il arrive que nous soyons forcés de les
remplacer par des alcools industriels, l'étranger s'aper-
cevra bientôt qu'il n'a pas besoin de recourir à nous pour
se les procurer, et qu'il peut les créer sur son propre sol,
aussi bonnes et à meilleur marché. Ce jour-là notre
commerce d'exportation aura cessé d'exister; quel sera le
sort des nombreuses populations du midi et du sud-ouest,
si riches aujourd'hui?

Dans l'enquête à laquelle procéda pendant près de six
mois, sous la présidence de M. Thiers, une commission
de l'assemblée législative, dont le soussigné avait l'honneur de faire partie, il fut constaté que, sans la ressource
que les propriétaires de ces vignobles se créèrent en
brûlant leurs vins dans des années d'abondance, les
souffrances déjà si grandes des vignerons eussent été
telles, qu'on eût été forcé d'arracher les vignes et de
convertir en landes stériles une grande partie du territoire.

Le souvenir et la prévision que nous avons l'honneur
de signaler nous paraissent mériter toute l'attention des
hommes d'État.

Offrir aux producteurs de vins à brûler le moyen
d'utiliser leurs vinasses dans les années de disette, et de
trouver dans la conversion de leurs vins en eaux-de-vie
plus d'avantage que dans la vente de ces vins pour la
boisson, c'est conjurer le danger qui menace l'avenir de
nos eaux-de-vie. C'est en même temps protéger les producteurs de vins de bouche contre la concurrence des
vins à brûler, qui, l'enquête l'a démontré, leur a été si
fatale. C'est donc faire cesser entre deux intérêts, dignes
l'un et l'autre de toute la faveur des lois, un antago-

nisme qui a été dans le passé et qui peut redevenir l'une des principales causes de la perturbation vinicole.

Or, supposons que le vin vaille 5o fr. l'hectolitre, et l'eau-de-vie 3oo fr., ce qui peut arriver si la récolte prochaine est mauvaise, puisqu'il s'en est vendu cette année même à ce prix, il deviendra, dans l'état des choses, tout à fait impossible de convertir le vin en eau-de-vie, puisqu'il faut 7 hectolitres de vin pour en produire un d'eau-de-vie.

La vinasse étant, au contraire, utilisée par le procédé Robert, chaque hectolitre de vin qui aura donné 10 fr. de perte à la distillation pourra, par son rétablissement, donner 15 francs de bénéfice. Il restera donc au propriétaire un boni de 5 francs par hectolitre, et la double satisfaction d'avoir conservé les eaux-de-vie si renommées de nos crus français pour la consommation intérieure et pour le commerce avec l'étranger. De la fabrication sur une grande échelle des vins de vinasse rétablis résulteront un accroissement de quantité précieux dans les années de disette et une amélioration de qualité précieuse, dans tous les temps, de la denrée alimentaire qui occupe la seconde place dans l'économie sociale.

Depuis que les ravages de l'oïdium et les causes de perte accidentelle qui s'y réunissent ont réduit la production du vin dans des proportions si considérables, on regrette que le vigneron ne tire pas de la vigne la moitié de ce qu'elle produit, et qu'on laisse perdre à la fois une grande partie des marcs et toutes ces vinasses qu'on jette dans les ruisseaux et qui ne servent qu'à vicier l'air par l'azote qu'elles contiennent. L'emploi utile de ces produits contribuera d'ailleurs à ramener à un taux normal des prix aussi exagérés aujourd'hui qu'ils étaient vils à une autre époque.

Craint-on que la concurrence des vins de vinasse rétablis ne soit fatale aux autres vins ?

Un simple chiffre suffira pour faire justice de cette appréhension : c'est que le prix de revient du vin de vinasse rétabli est de 20 francs par hectolitre. Or, dans ces conditions, le vin de vinasse ne peut pas faire aux autres vins, en temps ordinaire, une concurrence sérieuse.

Ce n'est pas seulement aux consommateurs de la classe pauvre que la découverte de M. Robert offrira de grands avantages, c'est aussi aux propriétaires de vignes qui vendront la matière première et qui pourront employer le procédé à leur profit, moyennant une très-faible rétribution lorsque, après une première année d'expérimentation faite à leurs périls et risques, les propriétaires du brevet leur auront démontré la commodité des moyens pratiques et l'utilité des résultats.

Cette année même les exposants ont agi, mais tardiment, et quand les vendanges étaient terminées, car leur demande est du 30 septembre 1856, et la réponse favorable de Son Excellence M. le Ministre du commerce du 5 novembre suivant.

Les marcs de raisin n'ont pu être achetés que longtemps après la décuvaison, et il a fallu attendre la distillation des premiers vins pour acheter la vinasse, faute de laquelle on n'a pu agir, ni sur la vendange après la cueillette, ni sur les moûts en fermentation, ni sur le marc frais après la décuvaison. Or, ce sont là les conditions les plus avantageuses pour doubler et tripler la récolte de vin en qualité égale au premier.

Les exposants ont cependant déjà acheté et payé aux vignerons des quantités considérables de marcs de raisin, de vinasses et de futailles vides qui ont subi des déplacements très-onéreux. Ils ont fait des contrats nombreux avec les vignerons et les distillateurs ; ils sont exposés à des pertes considérables, si on les empêche d'améliorer la couleur de leurs vins par le moyen le plus légitime et le plus naturel, l'addition de vins colorés, et si on soumet leurs produits aux rigueurs d'une législation exceptionnelle, au lieu de les traiter comme vins, puisqu'on les impose comme tels.

C'est en cet état qu'ils se présentent avec confiance devant Vos Excellences, MM. les Ministres, en se déclarant prêts à faire, devant vous et devant le comité d'hygiène, toutes les expériences propres à éclairer votre religion, et qu'ils viennent répondre aux questions posées en tête de ce mémoire.

PREMIÈRE QUESTION.

Le mélange des vins de vinasse rétablis et des autres vins doit-il être prohibé ?

Des principes que nous avons exposés plus haut, et qui se résument ainsi : *Prohibition absolue des additions d'eau à forte dose et du vinage au-dessus de 18 centièmes, tolérance des coupages des vins et d'addition de matières sucrées pour la fabrication des vins, liberté des combinaisons des principes constitutifs du raisin sans aucun mélange de substances hétérogènes*, il résulte qu'on ne saurait, sans violer la loi de 1855, et sans méconnaître tous les précédents des assemblées législatives, interdire le mélange des vins de vinasse rétablis et des autres vins.

Ce mélange se compose, en effet, uniquement des produits naturels du raisin ; il n'y entre pas un atome d'eau

de source ou de rivière, et la quantité d'eau qui s'y ren-
contre est, comme dans le vin fabriqué par les procédés
ordinaires, l'eau végétative distillée par les racines, les
branches, les feuilles et le fruit de la vigne. Or, le vin de
vinasse rétabli n'est pas plus répréhensible au point de
vue d'un vinage excessif qu'au point de vue du mouillage.

Un vin qui ne contient pas au delà de 6 ou 7
pour 100 d'alcool, pouvant être, en vertu du décret de
1852, viné en franchise de droits jusqu'à concurrence de
18 centièmes, il s'ensuit qu'il peut recevoir légalement
une mixtion de 11 à 12 pour 100 d'alcool, c'est-à-dire
le double de son élément principal en alcool de betterave, de grain, de sorgho, ou d'autre matière étrangère à
la vigne, et provenant de produits indigènes ou exotiques,
sans qu'il cesse pour cela d'être légalement considéré
comme vin.

Le vin de vinasse peut évidemment recevoir le même
degré d'alcool soit des produits de la vigne d'où il est
sorti, soit du mélange de vins très-alcoolisés, sans cesser
également d'être considéré comme vin.

Les exposants ne demandent pour le vin de vinasse
rétabli ni le privilége du mouillage ni celui d'un vinage
excessif; ils demandent pour ces vins la faculté du coupage avec d'autres vins. Pourquoi le leur refuserait-on?

On permet aux vins blancs de l'île de Rhé et d'Oléron,
de Sologne, etc., de s'accoupler avec ceux du Languedoc,
du Roussillon et de Cahors. La raison de cette tolérance
est que les uns sans les autres ne seraient pas potables,
parce que les premiers manquent de couleur, de sucre,
d'alcool, et que les autres en ont trop. Pourquoi interdi-
rait-on le mélange avec d'autres vins, des vins de vinasse
dont on reconnaît l'innocuité et les avantages, et dont on

encourage la fabrication et la circulation? Il y aurait dans cette exigence une véritable contradiction.

Appelé à s'expliquer sur la cause de la détresse des vins du Midi, par le soussigné, membre de la commission d'enquête, M. Casterat, chef de la dégustation de Paris, faisait observer avec raison, dans l'enquête législative (tom. Ier, pag. 9), que les vins du Midi ne pouvaient se vendre avec avantage que coupés avec les vins du Nord *mal réussis;* d'où la conséquence que, dans les bonnes années des vignobles du Nord, les vins du Midi étaient invendables comme vins de bouche et réduits à être brûlés. Il n'y a, en effet, pour les vignerons du Midi, dans des circonstances pareilles, d'autre ressource que celle de la distillation de leurs vins. Comment donc pourrait-on leur interdire le droit de couper les résidus de leurs distilleries avec leurs gros vins, quand on est obligé de reconnaître que ces vins de vinasse sont supérieurs en qualité à beaucoup de vins primitifs, notamment à ces vins du Quercy, que, sur une interpellation de M. Faucher, M. Casterat déclara insusceptibles d'être mélangés, parce qu'ils poussaient à la fermentation? Pour obvier à cet inconvénient et tirer parti de ces sortes de vins, il n'y a qu'un moyen, les *brûler* et les *rétablir.* Sans leur rétablissement on ne pourrait pas les brûler, ils donneraient trop de perte. On pourrait les boire tout mauvais qu'ils sont en temps de disette, mais en temps ordinaire ils seraient tout à fait sans valeur.

Dira-t-on que le mélange des vins de vinasse rétablis avec d'autres vins n'est pas un simple coupage, puisque ces vins de vinasse reçoivent souvent une addition de glucose qu'on peut considérer comme une substance étrangère au produit de la vigne?

Nous répondrons, avec les six rapports du marquis de Lagrange et avec la loi de 1855, que l'addition au vin du glucose et même du sucre en général, ne peut être considérée comme dénaturant et falsifiant le vin.

M. Casterat, chef de la dégustation attaché à l'administration de Paris, homme judicieux et expérimenté en cette matière, s'exprima devant la commission d'enquête législative, dans la séance du 8 mars 1851, au sujet de la fabrication des vins de liqueurs par l'addition de matières sucrées, dans les termes suivants :

« Nous appelons les vins de Cette, vins d'imitation, « parce que vous savez que c'est là que se fabriquent les « vins d'imitation, les vins étrangers, le Madère, le Malaga, « les vins d'Espagne et de Sicile. Pour moi, je dis que « cette industrie est fort respectable. Elle a pris un grand « accroissement, donné de bons résultats, et ne présente « aucun inconvénient. Pourquoi ? C'est que les imitations « d'Alicante, de Madère, de Porto, de Xérès, etc , sont « faites avec du vin, un peu d'eau et DU SUCRE ; tous les « principes constitutifs du vin s'y retrouvent…. Je dé- « clare que je ne vois aucun inconvénient dans cet im- « portant commerce d'imitation…. Je dirai mieux, c'est « que l'effet de ces vins dans l'alimentation est absolu- « ment le même que celui des vins véritables ; les mêmes « ou à peu près les mêmes manipulations se pratiquent « dans les pays de production pour les vins véritables, no- « tamment pour les vins de Porto destinés à l'Angleterre. »

M. Léon Faucher : « Voici ce qu'on fait en Champa- gne : la *fabrication chimique* des vins consiste en une alliance de plusieurs crus auxquels on joint DU SUCRE…. »

M. de Douhet : « On y ajoute de l'alcool et DU SUCRE. »

Or, s'il est permis d'introduire le sucre dans la fabri-

cation des vins de luxe, notamment du vin de Champagne
et d'autres grands vins, comment pourrait-il être interdit
de l'employer dans l'humble vin de vinasse?

D'ailleurs, ce n'est pas seulement dans les vins de luxe
que le sucre en général, et en particulier le glucose provenant de la fécule, est généralement et utilement employé. Il l'est dans les principaux vignobles de France,
depuis plus de soixante ans. Cadet de Veaux et Étienne
Chevalier et Proust, travaillèrent puissamment à en gé-
néraliser l'emploi avec Parmentier et Chaptal. Voici ce
que dit Parmentier, page 162 et suivantes de son Ins-
truction sur les sirops : « L'addition du sucre au moût
dans la cuve, proposée en 1763 par Préfontaine, renou-
velée en 1779 par Macquer, était un procédé exécuté en
secret dans le Bordelais dès le commencement du siècle
dernier, par des propriétaires de vignes qui avaient ainsi
triplé et *le prix* et *la qualité* de leurs vins. Les anciens
ne l'ignoraient pas, puisque souvent ils mêlaient du
miel (1) au moût avant la fermentation.

« La bonté de ce procédé a été complétement justifiée
dans les vignobles du Nord, depuis celui de Suresne jusqu'au plus fameux de la Champagne; il n'y a pas un de leurs
habitants qui n'ait à s'applaudir de l'avoir mis en pratique.

« . . . . . Le sucre, la cassonade, la mélasse, le miel
même, sont *maintenant* trop dispendieux.

« ... Ne craignons pas d'avancer que, dans tous les cas où
la matière sucrée est jugée nécessaire dans la cuve d'après
les meilleurs principes d'œnologie, elle peut être rempla-
cée par les sirops de raisin préparés au Midi. » Cela prouve
bien que le sucre de raisin et les autres sucres de toutes
provenances sont identiques pour la fabrication du vin.

(1) Le miel est en grande partie composé de glucose.

Parmentier dit plus loin :

« J'ignore ce qu'il y a d'argent à gagner pour substituer à la cassonade, au miel, à la mélasse, la conserve de raisin. » Il ajoute, en parlant des vignerons du Nord et du Midi : « Ah! s'ils pouvaient se persuader par eux-mêmes combien il y a à gagner par cette pratique si simple, si économique, assurément ils ne négligeraient jamais de la mettre en pratique ; nous leur certifions qu'ils ne reviendraient jamais sur leurs pas, si une fois ils l'avaient essayée.

« Quelques propriétaires des départements d'Indre-et-Loire, de Loir-et-Cher, séduits par notre proposition, se sont empressés de préparer des sirops avant l'ouverture de la vendange, et de les employer dans la cuve en fermentation ; le succès a été tel qu'ils ont vendu leurs vins 10 fr. de plus l'hectolitre que leurs voisins ; mais dans la crainte de passer pour des frelateurs, ou qu'on ne devinât le moyen dont ils s'étaient servis pour obtenir cet avantage, non-seulement ils en ont fait mystère, mais, pour qu'on ne les soupçonnât pas d'y avoir eu recours, ils en sont devenus, sur les lieux, des détracteurs. Un d'entre eux est venu m'offrir de l'argent pour faire un secret de ce moyen d'améliorer la cuve en fermentation, que nous avons déjà indiqué, M. Proust et moi ; mais c'est un motif pour lui donner encore plus de publicité. »

Des considérations qui précèdent, la science aurait dû conclure depuis longtemps qu'au résidu du vin provenu de la double opération de la fermentation et de la distillation, il ne manquait, pour redevenir du vin, que son rétablissement par la conversion du sucre en alcool, soit à l'aide d'une simple fermentation nouvelle, soit à l'aide d'une addition préalable de glucose. Il n'a manqué à un grand observateur, à un chimiste du premier ordre, à Chaptal, que l'occasion favorable pour le découvrir et le proclamer. Le sucrage de la vinasse, c'était l'œuf de Christophe Colomb. M. Robert y a pensé au moment où la disette toujours croissante du vin devait naturellement appeler l'attention sur la nécessité d'utiliser un produit dédaigné jusque-là. Il s'est livré pendant plusieurs années à l'analyse de la vinasse, et en découvrant que les principes immédiats du vin qu'il cherchait à en extraire y existaient naturellement tout formés et combinés, comme il convient à un vin naturel qu'ils le soient, il n'a fait que confirmer ce que Chaptal avait dit avant lui. « Tous ces procédés, » dit ce grand chimiste, « tendent essentiellement à enlever l'humidité dont les raisins peuvent être imprégnés, et à présenter un suc plus épais à la fermentation..... » L'addition du sucre a le double avantage d'augmenter considérablement la spirituosité du vin, et de prévenir la dégénération acide à laquelle les vins faibles sont sujets..... Lorsqu'on dissout dans le moût une portion de sucre, de cassonade ou de mélasse, pour emprunter la proportion du sucre nécessaire à la fermentation, on doit varier la dose de sucre selon la nature plus ou moins sucrée du moût..... On peut déterminer la quantité qui est nécessaire en donnant au moût, par addition, le goût sucré qu'a le même raisin, ou un bon raisin cueilli après une maturité parfaite et dans une année très-favorable. On ne fait que réparer alors l'imperfection du travail de la nature, et *rétablir par l'art* la quantité de sucre qui se serait formée si la saison avait été plus favorable à la maturité du raisin. »

En sucrant la vinasse dans le but d'obtenir une nouvelle fermentation, M. Robert n'a fait que mettre en pratique les conseils de Chaptal, et reproduire, en les développant, les expériences « *qui, répétées*, dit ce grand chimiste dans son livre sur l'art de faire le vin, *dans tous les pays de vignobles que possède la France, permettent de conclure qu'en suivant ses principes, non-seulement il n'est pas de bon vignoble dont on ne puisse améliorer les produits, mais qu'il n'est pas de mauvais raisin dont on ne puisse tirer un vin sain et généreux.* » On ne pensait pas ainsi sans doute au temps où un édit de Charles IX punissait de mort la culture du mauvais raisin appelé *gamais;* mais les progrès de la science et de la civilisation ne doivent-ils donc servir de rien?

Dira-t-on que les matières sucrées signalées jusqu'ici comme pouvant être employées sans inconvénient, proviennent du raisin, du miel, de la canne ou de la betterave, et que M. Robert ne pourrait pas être autorisé à rétablir, comme il le voudrait, la vinasse à l'aide du glucose provenant de la fécule de pomme de terre? Ce serait une erreur à la fois juridique et scientifique.

L'addition des matières sucrées, *quelle que soit leur provenance,* a été reconnue licite dans les six rapports du marquis de Lagrange déjà cités, et dans l'exposé des motifs des lois de 1851 et de 1855, sur la *falsification* des denrées alimentaires et particulièrement des vins. On ne pourrait donc pas légalement mettre obstacle à ce que le sucre de fécule de pomme de terre jouît du bénéfice commun.

L'emploi de ce sucre a été préconisé par M. le baron Thénard, président, en 1839, du jury de l'exposition des produits de l'industrie française, dans des termes qu'il est utile de rappeler :

« Oui, Sire, de grands progrès ont été faits dans les cinq dernières années qui viennent de s'écouler....

« La fécule se transforme, au gré du fabricant, soit en un sucre à bas prix qui sert à l'amélioration *des vins* et de la bière, soit en dextrine... La fabrication annuelle s'élève à six millions de kilogrammes.»

On lit, dans le tome II, p. 417 et 442 du rapport du jury de l'exposition de 1839, dont faisaient partie MM. d'Arcet, Berthier, Blanqui, Brongniart, Chevreul, Clément Desormes, Combes, Dufaud, Dumas, Ch. Dupin, Gay-Lussac, Héricart de Thury, Payen, Pouillet, Séguier, Schlumberg, Thénard, etc.

«Cinquième commission : *Chimie, section* 1re; M. d'Arcet, rapporteur. — Le jury du département de la Côte-d'Or dit que le sirop de fécule présenté par M. Leroux d'Arcet, et qui marque 45 degrés au pèse-liqueur, est, par sa qualité et par son bas prix, digne de fixer l'attention. Ce produit est employé pour améliorer les vins faibles récoltés dans le pays, et pour les rendre conservables et propres aux expéditions lointaines. Le jury central accorde une citation favorable à M. Leroux d'Arcet. »

« Même commission, *section* 2e; M. Dumas, rapporteur. — M. Chaussenot doit être considéré ici comme l'ingénieur à qui est due la fondation des trois usines qui produisent du sucre de fécule solide, savoir, celles de Rueil et de Neuilly en France, et celle de M. Michel et Cie en Belgique ; chacune d'elles peut fournir 5,000 kil. de sucre solide par jour... On sait que le sucre de fécule solide a été obtenu industriellement, pour la première fois, par M. Mollerat ; mais le bas prix des produits qu'on prépare dans les usines montées par M. Chaussenot et leur beauté en font un produit d'une haute importance. *Ce sucre est introduit dans les cuves* pour l'amélioration des vins *avec beaucoup de profit. La Bourgogne en fait une grande consommation...* Dans l'état actuel de cette fabrication, elle fournit déjà plusieurs millions de kil. de produits, qui représentent leur équivalent d'alcool dans le vin ou la bière qu'ils servent à fabriquer ou à enrichir en principe alcoolique. Le jury décerne à M. Chaussenot une médaille d'argent... »

Est-ce clair? et niera-t-on maintenant qu'aux yeux de la loi et de la science, le sucre de fécule, dans le jus de raisin, ne puisse donner lieu à un vin aussi légal que le vin fabriqué sans sucre de fécule, et qu'une addition, faite avec intelligence, de sucre de fécule au vin, ne rende ce vin meilleur?

Le jury central de l'Exposition de 1844 confirme les appréciations de celui de 1839 (1).

On y lit: « M. Leroux d'Arcet, à Beaune (Côte-d'Or), a fondé une fabrique de glucose dans une localité où la consommation de cette substance prenait une grande extension *en raison de son utilité pour améliorer les moûts faibles*... La conversion en glucose sirupeuse ou massée s'effectue à l'aide d'un générateur ayant 24 mètres carrés de surface de chauffe; 150,000 kilog. de glucose et 75,000 kilog. de fécule sortent chaque année de l'établissement. M. Leroux d'Arcet obtint, en 1839, une citation favorable; les progrès qu'il a réalisés depuis lors le rendent digne de la mention honorable; le jury la lui accorde. »

Le même rapport constate que le sucre s'emploie non-seulement pour les vins de Bourgogne, mais pour les vins de Champagne. On y lit (page 838), au sujet d'un appareil de M. Rousseau (Marne), médaille d'argent : « Cet appareil permet de goûter le vin afin de vérifier la qualité

(1) Tom. II, p. 802.

ou les doses de sucre qu'il faudrait y ajouter. » M. Dumas (*Chimie appliquée*, t. VI, p. 158) dit : « qu'on emploie le sucre candi en Champagne pour ajouter une liqueur sucrée et fermentescible au vin mousseux. »

Si les vins de Bourgogne et de Champagne s'accommodent si bien du sucre, pourquoi n'admettrait-on pas qu'il ne peut qu'améliorer aussi les vins de vinasse rétablis ?

Une dernière citation, empruntée au même rapport (t. II, p. 778), suffira pour constater l'utilité du sirop de fécule pour l'amélioration des vins.

M. Payen, rapporteur, dit : « MM. Labiche et Tugot, manufacturiers à Rueil (Seine-et-Oise), ont établi, en 1836, une usine capable de transformer en glucose massée plus d'un million de kilogrammes de fécule. Toutes leurs opérations sont faites à la vapeur ; les produits qu'ils livrent au commerce sont remarquables par leur blancheur ; aussi s'emploient-ils avec avantage dans la confection des bières blanches, et pour compléter dans les moûts des raisins blancs la substance sucrée transformable en alcool et qui assure leur conservation. Le jury décerne à MM. Labiche et Tugot une médaille de bronze. »

La vinasse est un moût incomplet. Elle contient encore des traces de sucre en moindre quantité, il est vrai, que dans le moût de vendange, mais tout ce qui résulte de là c'est qu'il faut y ajouter plus de sucre. Ce n'est pas, au surplus, le plus ou moins de substance sucrée qui constitue la légalité ou l'illégalité du vin ; et il est d'autant plus licite d'en ajouter aux vins qui en manquent, qu'il est impossible de distinguer en eux l'alcool fourni par le sucre préexistant de l'alcool fourni par le sucre ajouté. Les alcools sont identiques, parce que les sucres, quelle qu'en soit la provenance, le sont aussi.

La preuve de l'identité des sucres de raisin ou glucoses de provenances diverses est rapportée par M. Dumas, dans son *Traité de Chimie appliquée aux arts*, t. VI, p. 156.

« Il existe, dit ce savant, deux principales espèces de sucre : l'une d'elles se présente sous forme de cristaux transparents et réguliers ; elle se trouve dans la canne, la betterave, l'érable, etc.

« L'autre variété existe dans les raisins, dans les pommes, dans les groseilles, et dans beaucoup d'autres fruits qui présentent en même temps une réaction acide. Un grand nombre de substances végétales, et particulièrement l'*amidon*, la cellulose, la gomme, sont susceptibles de se transformer, sous plusieurs influences, *en cette espèce de sucre*....... A la rigueur, la définition de sucre basée sur la propriété de fermenter ne devrait s'appliquer qu'au sucre de raisin. Il est prouvé, en effet, par les expériences de M. Dubrunfaut, que, de tous les corps distingués sous le nom de sucre, *c'est le seul qui éprouve la fermentation*, et que, par conséquent, les autres produits sucrés, et en particulier le sucre de cannes, ne fermentent qu'après avoir été préalablement amenés à l'état de *sucre de raisin.* » Et page 375 : « Je réunis sous le nom de glucose les divers produits sucrés qui présentent une cristallisation mamelonnée. Le glucose paraît formé de $C^{24} H^{28} O^{16}$. J'ai la conviction qu'on trouvera le *glucose identique*, quelle que soit son origine, soit qu'il provienne des fruits sucrés, etc., *soit qu'on le produise par des réactions chimiques au moyen de l'amidon et du ligneux.*

« Le glucose est un produit très-répandu dans la nature ; les raisins en contiennent une si grande quantité, qu'on peut l'en extraire en fabrique (1). Enfin la chimie peut en produire par les moyens artificiels : par exemple, en traitant la cellulose, l'amidon, la gomme, le sucre de cannes, le sucre de lait, par les acides. »

M. Lassaigne, t. II, p. 339, en parlant de la conversion de l'amidon en sucre, dit aussi : « Elle cristallise en une masse mamelonnée, *tout à fait identique avec le sucre de raisin.* » L'opinion des chimistes est unanime sur ce point.

Ainsi, il est constant que le glucose, ajouté au moût de main d'homme, équivaut, selon la loi, la science et la pratique, au glucose que la nature conditionne dans le moût même lors des bonnes récoltes;

Que le vin résultant de la vinasse, qui a conservé naturellement assez de sucre de raisin pour pouvoir fournir sans addition et par la seule fermentation un vin potable, est, au point de vue de la loi et de la raison, pareil au vin ordinaire dont on a fait simplement bouillir le moût;

Que le vin de vinasse, dans lequel on a ajouté du glucose, est pareil au vin ordinaire, selon la loi et la raison.

Concluons de tout ce qui précède, qu'avec ou sans addition de glucose, ou même de sucre en général, le vin de vinasse rétabli peut, aux termes des lois existantes, et conformément aux principes de la science œnologique, être mêlé avec d'autres vins sans encourir le reproche de falsification.

---

(1) Il n'y a donc pas à redouter qu'en temps d'abondance, le vin de vinasse puisse faire concurrence au vin ordinaire, en tirant son sucre des tubercules ou des racines à plus grands frais que du raisin.

DEUXIÈME QUESTION.

*Les expéditions qui sont nécessaires pour accompagner
les transports des vins de vinasse rétablis doivent-
elles être accompagnées de cette désignation spéciale :
Vins de vinasse rétablis ?*

En déclarant qu'il n'y a pas lieu d'interdire la fabrica-
cation et la vente, ni d'intenter aucune poursuite contre
les débitants ou fabricants *du vin de vinasse rétabli*, s'ils
vendent cette boisson sous ce nom, Son Excellence M. le
Ministre de l'agriculture et du commerce n'a fait que con-
sacrer une condition que les exposants avaient acceptée
d'avance comme imposée par la bonne foi.

« Nous vendrons ce vin pour ce qu'il est et avec la dé-
« signation exacte de son origine, disaient-ils dans leur
« lettre à Son Excellence M. le Ministre; nous savons que
« l'acheteur doit connaître ce qu'il achète, et nous avons
« toujours pratiqué, dans nos transactions commerciales,
« cette règle de conduite que prescrit la plus vulgaire
« équité. » Par ces expressions, MM. Gasquet et Claudon
ont voulu se placer sous l'empire du droit commun, qui
défend, sous des peines correctionnelles, de tromper l'a-
cheteur sur la nature de la marchandise vendue, et do
vendre, par exemple, du vin de Cahors pour du vin de
Bordeaux, du vin de Saint-Gilles pour du vin de Roussillon, etc. Mais les employés de la régie des contributions
indirectes ont attribué une portée exagérée à la condition
que Son Excellence M. le Ministre a formulée d'après les
indications des exposants, en décidant que la désignation
de *vin de vinasse* est une *marque obligatoire* qui doit
figurer dans les expéditions de cette boisson.

Deux raisons invincibles s'opposent à ce que la désignation *vin de vinasse rétabli* soit insérée dans les actes de la régie des contributions indirectes, l'une puisée dans la législation sur les marques de fabriques, l'autre puisée dans la législation des boissons.

La législation de 1791 a supprimé, on le sait, les marques *obligatoires* et les mesures de surveillance adoptées par l'ancienne législation pour les faire respecter. Que quelques personnes regrettent les garanties qui en résultaient, qu'on désire même généralement de voir enfin convertir en lois les projets discutés en 1846, par la chambre des pairs, et soumis depuis lors à une nouvelle élaboration, nous n'avons pas à nous préoccuper de cela ; ce qu'il y a de certain, c'est que la législation en vigueur ne considère les marques de fabrique comme obligatoires que dans des cas exceptionnels, par exemple pour les matières d'or et d'argent, pour la coutellerie et la quincaillerie, pour les savons, pour les lisières de drap, pour les cartes à jouer, pour les cotons filés, tricots, tissus et étoffes (1).

En ce qui touche les liquides, les tribunaux font respecter les marques que les fabricants, usant de la *faculté* que leur accorde la loi, apposent sur les vases qui les renferment (C. c., arrêt du 12 juillet 1845, s. 45 ; 1, 327, arrêt du 6 juin 1847, s. 47, 1, 521). Mais la marque des vins n'est pas obligatoire, et les vins circulent librement sans qu'on soit tenu d'indiquer leur provenance sur les vases qui les contiennent dans les expéditions, ni sur les acquits d'expéditions donnés par la régie.

Les lois sur l'impôt des boissons ne reconnaissent

(1) *Code international de la propriété industrielle,* par MM. Pataille et Huguet, p. 82.

d'ailleurs que trois espèces de produits imposables :

1° Le vin;

2° Le cidre, la bière et l'hydromel;

3° L'alcool.

Et lorsque, après avoir autorisé la vente du vin de vinasse rétabli, Son Excellence M. le Ministre de l'agriculture et du commerce a ajouté : « *Il appartient à mon collègue de prendre, dans l'intérêt du trésor, telles mesures qu'il reconnaîtra nécessaires,* il a nécessairement entendu que si l'impôt du vin est établi sur le résidu de la distillation rétabli par le procédé Robert, ce produit ne doit être soumis qu'au droit commun concernant le vin.

MM. les employés de la régie pensent cependant que ce produit doit être soumis à une législation *exceptionnelle,* et que les vins de vinasse rétablis doivent avoir un exercice à part, des portatifs à part, des prises en charge à part, des acquits à part, des décharges d'acquits à part, des débits à part. Ces injonctions sévères, qui tendent à parquer, comme une boisson d'autant plus suspecte qu'elle porte un nom fait pour exciter le dégoût, un vin qui ne contient que des éléments naturels du raisin, combinés dans des proportions normales, ces injonctions ne paraissent ni justes ni même légales. On ne pourrait pas frapper de l'impôt du vin un produit qu'on abaisserait, aux yeux des consommateurs, au-dessous du cidre et de la bière, sans blesser toutes les règles de la justice distributive, et sans créer, par des arrêts ministériels, tout un système d'impôts qui ne peut être établi que par la loi.

Il existe bien d'autres vins qui, quoique connus dans le commerce sous des qualifications spéciales, ne sont pas soumis aux exigences qu'on veut imposer aux vins de vinasse. Tels sont les vins de liqueurs, les vins imités des vins étrangers, madère, malaga et autres; les vins de Champagne et les vins bouillis.

Les vins de liqueurs sont additionnés d'alcool, d'un excès de sucre, et souvent mutés par une fumigation de soufre excessive. On avait cru pouvoir les soumettre à une désignation spéciale dans les déclarations d'acquit, mais il a fallu y renoncer.

Les vins de Madère et autres imités de l'étranger sont surchargés d'alcool de toute qualité, et amenés jusqu'à 18 et 20 degrés; ils sont chauffés et cuits, avant et après la fermentation, sur le marc de raisin, qui est lui-même souvent exposé au soleil et aspergé de certains parfums et aromates. Ces vins sont cependant traités comme vins dans tous les actes de la régie.

Les vins bouillis provenant du Lot, de Lot-et-Garonne, du Languedoc, sont altérés de mainte façon, avant et après la décuvaison, dans la vue de leur donner une couleur et une douceur excessives, et de les faire servir au coupage des autres vins pauvres de qualité; la graine est passée au four, le jus est cuit dans les chaudières; malgré toutes ces manipulations, les vins sont encore traités comme vins.

Les vins de Champagne ne sont pas des vins récoltés dans les vignobles de la Champagne, puis foulés, mis en cuve, fermentés et décuvés comme le sont les vins de Bordeaux, de Bourgogne ou du Roussillon; ce sont des vins fabriqués dans des conditions qui les rendent agréables au goût, mais dangereux pour la santé. On cueille le raisin avant qu'il soit suffisamment mûr; on le décolore, car c'est avec du raisin rouge qu'on fait ordinairement le vin de Champagne blanc. On le décuve ; on le goûte avant la fermentation ; on le charge de sels, de gaz, de sucre, d'alcool ; on le décante et on le comprime pour lui donner une limpidité forcée et une mousse factice. Tout dénaturés qu'ils sont aux dépens de leur constitution primitive et de leurs qualités hygiéniques, les vins de Champagne sont traités comme les autres vins.

Le vin de vinasse rétabli est reconstitué, au contraire, avec ses éléments simples, pour devenir vin comme celui du vigneron, dont il n'est qu'une seconde cuvée sans aucune altération ni surcharge de la fermentation vineuse ordinaire ; les qualités hygiéniques y sont conservées dans une proportion analogue aux bons vins vieux ordinaires et réussis. Il s'éclaircit et vieillit vite ; il a le degré ordinaire ; il n'a besoin que de quelques additions de vins rouges du Midi, uniquement pour lui ajouter une couleur et une saveur variées, selon le goût du consommateur et selon les habitudes de telle ou telle localité.

Eh bien ! comment pourriez-vous permettre, Messieurs les Ministres, que tous ces vins fabriqués, endrogués, falsifiés presque, et imités des pays étrangers, jouissent tous, sans catégorie ni exception, de la loi commune et unique qui les régit, tandis que les vins de vinasse, plus naturels, plus identiques qu'aucun autre aux vins ordinaires, plus sains pour la classe ouvrière à laquelle surtout ils sont destinés, fussent exclus du droit commun et traités pour ainsi dire en pestiférés ?

On ne peut pas d'une main prélever sur le vin de vinasse l'impôt énorme qui frappe le vin seulement, le soumettre à toutes les formalités, surveillances, exercices, pénalités, saisies, amendes qui accablent une boisson de première nécessité, et de l'autre main le dépouiller de la

faculté de se présenter et de circuler comme vin, d'être
entreposé comme vin et d'être mélangé avec d'autres vins,
soit pour les améliorer, soit pour en être amélioré, ainsi
que cela se pratique librement pour tous les autres vins
de France, qui sont bien plus dissemblables entre eux
qu'ils ne le sont avec les vins de vinasse rétablis.

La régie permet qu'une boisson quelconque, autorisée
et réputée saine, soit mixtionnée de vin ordinaire, circule
comme vin et soit prise en charge comme vin, pourvu
qu'elle paye l'impôt du vin. N'a-t-elle pas aussi admis à
la prise en charge des vins alcoolisés au départ des pays
autorisés, et ensuite mixtionnés d'eau dans les entrepôts
pour être ramenés au degré ordinaire de 7 à 8 degrés,
ce qui équivaut à peu près à prendre de l'eau en charge
dans les mêmes magasins et sans en exiger la séparation?

Pourquoi donc *condamnerait-on* les acheteurs du vin
de vinasse à avoir des acquits distincts, des entrepôts sé-
parés, des comptes à part, et à subir toutes les compli-
cations qui découlent de ce régime?

Les exposants n'ont pas contesté à l'autorité judiciaire
le droit de rechercher et de punir ceux qui se rendent
coupables de tromperie sur la nature de la chose vendue.
Ils ont poussé sur ce point le scrupule et le respect de la
loi au dernier degré, en déclarant qu'ils n'offrent leur
vin que pour ce qu'il est : Vin de *vinasse rétabli;* et
s'ils contrevenaient à leurs engagements, ils seraient
justiciables des tribunaux. Mais est-ce une raison pour
que la régie des contributions indirectes intervienne à
l'avance et par voie de soupçons, avant qu'aucun délit
ait été commis, et que les exposants soient privés de
facultés de circulation accordées aux autres vins et même
aux autres boissons autorisées? Il serait impossible de ne

pas voir dans une telle rigueur un parti pris de tuer l'industrie qu'on aurait eu l'air d'autoriser.

TROISIÈME QUESTION.

Chez les assujettis aux exercices, les vins de vinasse rétablis doivent-ils être inscrits à un compte spécial?

Toutes les considérations que nous avons développées à l'égard des expéditions, s'appliquent aux comptes spéciaux exigés par la régie, et nous ne croyons pas devoir rien y ajouter.

CONCLUSIONS.

Par ces motifs, les exposants concluent à ce qu'il plaise à Leurs Excellences MM. les Ministres :

1° Décider qu'il n'y a pas lieu de défendre d'améliorer les vins de vinasse rétablis par l'addition d'autres vins, pourvu que les coupages soient faits et vendus conformément à la loi;

2° Informer M. le Directeur général des contributions indirectes que le sens des expressions de la lettre ministérielle du 5 novembre 1856 : « S'ils vendent cette « boisson sous le nom de *vin de vinasse rétabli,* » n'entraîne pas pour ces vins, de la part de la régie, l'obligation de les inscrire à un compte spécial et de les faire placer à part.

Pour MM. GASQUET et CLAUDON.

Signé : F. BÉCHARD,

Ancien député du Gard, avocat au Conseil d'État
et à la Cour de Cassation.

A SON EXCELLENCE

M. LE MINISTRE DE L'AGRICULTURE,

DU COMMERCE ET DES TRAVAUX PUBLICS.

MONSIEUR LE MINISTRE,

Les soussignés Gasquet et Claudon, négociants en vins et eaux-de-vie à l'Entrepôt général de Paris, ont l'honneur d'exposer très-respectueusement à Votre Excellence, qu'une question du plus grand intérêt pour leur exploitation de vins de vinasse rétablis vient d'être réservée à sa haute appréciation par M. le Directeur général des contributions indirectes, dans sa lettre du 10 décembre dernier, dont nous extrayons les passages suivants qui y sont relatifs :

« Les expéditions qui sont nécessaires pour accompa-
« gner les transports de vins de vinasse rétablis, *doivent*
« *énoncer la désignation de vins de vinasse rétablis.*

« Chez les assujettis à l'exercice, les vins de vinasse
« doivent être inscrits à un *compte spécial.* Ces vins
« doivent être *placés à part, ne doivent pas être con-*
« *fondus avec les vins ordinaires.*

« Les employés ne doivent pas se prêter à ce que des
« vins de vinasse soient *mélangés, mixtionnés avec des*
« *vins ordinaires.* »

Ces mesures tout exceptionnelles nous semblent étrangères aux intérêts du trésor.

Il a paru à M. le Directeur général qu'elles étaient né-
cessitées par une phrase de la lettre de Votre Excellence,
du 5 novembre 1856, à MM. Gasquet et Claudon, ainsi
conçue :

« S'ils vendent ce vin sous le nom de *vin de vinasse*
« *rétabli.* »

Mais cette phrase est précédée de celle-ci :

« Qu'il n'y a pas lieu, au point de vue de la santé pu-
« blique, et les droits du trésor réservés, d'en interdire la
« fabrication et la vente, ni d'intenter aucune poursuite
« contre les fabricants ou débitants, *s'ils vendent,* etc. »

Cette condition est réservée pour la vente, mais elle
ne nous paraît pas avoir été faite pour la régie ; la ré-
serve des droits du trésor tombe seule dans son domaine.
Or, la désignation n'assure pas mieux les droits du trésor, puisque les deux vins payent le même droit.

Il nous serait indifférent que cette désignation figurât
sur les portatifs et les expéditions, puisqu'elle doit être
inscrite sur nos factures de ventes, si dans les deux cas
elle portait le même caractère.

De notre part, elle a un cachet de loyauté en rapport avec nos habitudes commerciales.

Mais de la part de l'administration fiscale, c'est bien différent ; exception créée pour nous seuls, elle porte un caractère officiel de prévention qu'il serait injuste d'infliger à notre produit. Car, nous croyons avoir démontré dans le mémoire ci-joint, par des preuves irrécusables, que notre vin est *aussi légal, aussi salubre, aussi naturel, aussi utile que les autres vins* ; que, dans les temps de disettes, il devient une ressource précieuse.

Pourquoi ne permettrait-on pas le coupage, l'amélioration du vin de vinasse par d'autres vins ? Dès qu'il est permis de le boire pur, il n'y a pas d'inconvénient à le boire amélioré, c'est-à-dire plus agréable au goût et à l'œil.

Craindrait-on que, meilleur, il ne fît une concurrence aux autres vins ?

Ce n'est pas aux vins de coupage, trop chargés d'alcool et de couleur, qu'il ferait concurrence, puisqu'il leur procurerait un nouveau débouché.

Ce n'est pas aux grands vins, puisqu'il n'est qu'un petit vin très-ordinaire.

Ce n'est pas non plus aux vins communs, puisqu'en année d'abondance il coûterait plus cher qu'eux, et que sa production serait empêchée par son prix de revient.

Aujourd'hui, ces vins communs existent en si petite quantité, que, réunis aux vins de vinasse, ils ne pourraient pas suffire aux besoins de la consommation.

Mais notre produit rendrait encore un service, s'il contribue à empêcher les prix trop élevés de ces vins d'éprouver une nouvelle hausse au profit d'un petit nombre de détenteurs.

Craindrait-on qu'améliorés par d'autres vins, les vins

de vinasse ne se confondissent avec ceux-là pour le goût et les propriétés ?

S'il en était ainsi, où serait le mal ? Ne serait-ce pas, au contraire, un grand bien, puisqu'ils proviennent du raisin comme les autres vins ?

Ce serait, en définitive, le vigneron qui ferait concurrence à sa récolte au moyen de sa récolte.

Craindrait-on que ce vin n'usurpât des noms qui ne seraient pas à lui ?

La loi n'est-elle pas là, qui punit la tromperie sur la nature de la chose vendue ?

Il y aurait, au contraire, inconvénient réel dans l'intérêt du consommateur pauvre, que l'on veut préserver, à exagérer les précautions : c'est qu'on aboutirait à un résultat contraire à cet intérêt.

En l'empêchant de boire ce vin amélioré, on le forcerait à le boire moins bon, ou à ne pas le boire. On empêcherait que ce vin ne remplît une place vide, celle d'un vin à meilleur marché. On obligerait les petits ménages, qui ne peuvent atteindre aux prix actuels du vin, à le remplacer par des boissons de leur fabrication, délabrantes, énervantes et laxatives, au lieu d'être réparatrices et toniques.

Les inconvénients de ces boissons factices ont été signalés par beaucoup de médecins, et leurs dangers se sont fait sentir, surtout à l'époque du choléra.

Comment en serait-il autrement, quand, à l'abri de toute surveillance, sans notions scientifiques, les recettes les plus empiriques font entrer dans ces préparations des fruits souvent avariés et des drogues étrangères à la vigne, classés le plus souvent parmi les produits falsificateurs des boissons ? Des quantités considérables de liquides de cette sorte se consomment au détriment de la santé de la classe la plus nombreuse, et sans rien rapporter au trésor.

Ainsi, par suite de scrupules fort respectables sans doute, mais exagérés, on en viendrait à priver une classe intéressante de consommateurs d'un vin à la portée de leurs ressources, salubre et fortifiant, produit sous la surveillance de l'autorité par des hommes compétents et responsables, pour abandonner ces mêmes consommateurs à une sorte d'anarchie complète, à l'usage d'une boisson trompeuse, préparée sans contrôle, par l'ignorance et la dure nécessité, avec des matières dont l'introduction pour la plupart est justement prohibée dans le vin.

Nous nous résumons :

Nous ne demandons pas à être dispensés de l'obligation de vendre nos vins pour ce qu'ils sont, et avec la désignation de *vins de vinasse* purs ou mélangés à tels ou tels autres vins en telles ou telles proportions, car cette obligation ne ressort que de la loi commune dont les dispositions sont générales, justes et loyales.

Mais nous demandons que ces désignations, exceptionnelles et inutiles au point de vue purement fiscal, soient supprimées dans l'exercice purement fiscal.

Elles ne sont, quant au fisc, qu'un surcroît de travail inutile, puisqu'elles n'assurent pas mieux la perception de l'impôt, qui reste le même, qu'il y ait ou qu'il n'y ait pas de désignation. Elles ont l'inconvénient grave d'être une exception créée pour nous seuls, de porter un caractère préventif, de provoquer une défaveur commerciale injuste, d'entacher d'un stigmate officiel, repoussant pour le consommateur ignorant, et humiliant pour le consommateur pauvre, un produit jugé bon et utile dans les circonstances actuelles.

Nous comprenons que Son Excellence M. le Ministre de l'agriculture et du commerce se soit borné à déclarer, d'après la sanction de la science, que ce vin ne contient aucun élément qui puisse nuire à son usage, et qu'il est permis de le fabriquer et de le vendre.

Mais si Son Excellence avait pu avoir sur ce vin la sanction du temps, non-seulement elle ne se serait pas contentée de cette déclaration, mais elle l'eût indubitablement encouragé ; elle eût surtout effacé une distinction qui n'a pour but que de constater la nouveauté de son origine.

C'est, en effet, au temps et à l'usage à sanctionner la similitude de ce vin avec les autres vins ; à montrer qu'il se confond avec eux. En attendant, nous comprenons que Son Excellence juge que l'action du Gouvernement doit rester neutre. Dans ce cas, nous nous inclinons, respectueux et satisfaits, devant cette décision pleine de sagesse, et notre réclamation actuelle n'a d'autre objet que son exécution.

Que l'administration fiscale, de son côté, veuille bien garder la même neutralité pour ce qui n'importe pas à l'impôt ; qu'elle n'entrave pas notre exploitation par des rigueurs étrangères à cet impôt ; qu'elle ne pèse pas sur l'administration judiciaire par un préjugé ; qu'elle laisse enfin à celle-ci le soin d'une initiative qui lui appartient, et nos vœux seront réalisés.

Notre demande se résume donc à ceci :

Qu'il plaise à Son Excellence M. le Ministre de l'agriculture, du commerce et des travaux publics,

1° Informer Son Excellence M. le Ministre des Finances que le sens des expressions de sa lettre du 5 novembre 1856, « s'ils vendent cette boisson sous le nom de vin « de vinasse rétabli, » n'entraîne pas pour ces vins, de la part de la régie, l'obligation de les inscrire à un compte spécial et de les faire placer à part.

2.° Qu'il n'y a pas lieu de défendre de les améliorer par l'addition d'autres vins, pourvu que ces coupages soient faits et vendus conformément à la loi.

Afin de ne plus avoir à entretenir Son Excellence M. le Ministre de l'agriculture et du commerce de cette affaire, nous croyons devoir, pendant qu'elle est soumise à son examen, lui exposer que nous ignorions, quand nous avons employé le mot de *vinasse,* qu'il fût peu ou point employé dans les pays de *distilleries de vins,* et qu'il servît plutôt à désigner les résidus des *distilleries de betteraves et de grains* (dont les flegmes sont dégoûtants et impropres à la boisson de l'homme), que ceux des distilleries de vins, les seuls dont nous fassions usage.

Comme déjà plusieurs personnes (surtout parmi les habitants du Nord, où il n'existe que des distilleries de betteraves) ont été induites en erreur par cette désignation, il importe pour notre produit, dans l'intérêt des consommateurs et de la vérité, qu'il ne puisse pas y avoir de méprise à cet égard, et qu'on sache bien que nous n'employons que le vin qui a été distillé.

Nous nous proposons, par ces motifs, de remplacer le nom impropre ou à double sens de *vin de vinasse ré-*

tabli par le synonyme plus exact et plus intelligible de *vin distillé rétabli*, dénomination qui n'est autre, du reste, que celle employée dans le brevet lui-même.

Nous ne pensons pas qu'il y ait à cela le moindre inconvénient ; s'il en était autrement, nous vous serions très-reconnaissants, Monsieur le Ministre, de daigner nous en prévenir.

Nous sommes, avec le plus profond respect,

Monsieur le Ministre,

De Votre Excellence,

Les très-humbles et très-obéissants serviteurs.

Signé : Gasquet et Claudon.

Paris, 29 janvier 1857.

Paris. — Typographie de Firmin Didot frères, rue Jacob, 56.

www.ingramcontent.com/pod-product-compliance
Ingram Content Group UK Ltd.
Pitfield, Milton Keynes, MK11 3LW, UK
UKHW020027100726
13658UKWH00003B/1153